la promesse sauvage
2

PATRICIA MATTHEWS	*ŒUVRES*
LA MAÎTRESSE DE MALVERN	*J'ai Lu* 1056****
LA PROMESSE SAUVAGE - 1	*J'ai Lu* 1300***
LA PROMESSE SAUVAGE - 2	*J'ai Lu* 1313***

PATRICIA MATTHEWS

la promesse sauvage
2

traduit de l'américain par Robert Petit

Éditions J'ai Lu

Ce roman a paru sous le titre original :

LOVE'S WILDEST PROMISE

TROISIÈME PARTIE

L'ESCLAVE

18

A 8 heures trente passées, le lendemain matin, Jeb Hawkins arpentait le quai avec une impatience rageuse. Le fret était chargé, les passagers – peu nombreux – étaient installés à bord et l'équipage des deux péniches était à son poste... Et pas l'ombre de Sarah! De guerre lasse, Tim s'approcha timidement.

– Voulez-vous que je fasse un saut jusqu'à la pension Foster, capitaine... pour voir ce qui retarde Mlle Moody?

L'irascible capitaine fit volte-face.

– Non, tu n'iras pas! Au diable cette satanée bonne femme! Elle sait parfaitement à quelle heure nous devons lever l'ancre... Alors pourquoi perdre mon temps pour ses beaux yeux?

Malgré cette belle et énergique déclaration, il ne donna pas l'ordre de départ, se contentant d'arpenter le débarcadère avec plus de nervosité encore. Quelques instants plus tard, une voiture arrivait à grande allure, laissant derrière elle un sillage de poussière rousse.

Jeb poussa un long soupir de soulagement.

– La voilà! Ces sacrées femmes... il faut toujours qu'elles soient en retard!

Mais, au grand désarroi de Jeb, l'attelage alla se ranger, quelques dizaines de mètres plus loin, devant une péniche concurrente. Un homme – dans lequel Jeb reconnut le propriétaire du bateau – parvint à s'extraire du véhicule au prix de sérieuses difficultés tant il était ivre. Il extirpa de sa poche une poignée de pièces, qu'il jeta plus qu'il ne donna au cocher, et monta sur la passerelle en zigzaguant de manière inquiétante.

Quand la voiture fut sur le point de repartir, Hawkins agita le bras en accompagnant sa mimique d'un sifflement strident. Le cocher tira sur les rênes.

– Tim, cria-t-il, efforce-toi de faire patienter les passagers et l'équipage un petit moment encore. De deux choses l'une, ou bien je ramènerai cette inconsciente avec moi, ou bien nous partirons sans elle!

La voiture traversa le cœur de la ville où régnait une activité intense, avant de gagner une petite rue plus paisible. La pension Foster était une maison de bois à deux étages, au fronton de laquelle s'étalait en lettres noires: « Repas et logement. Nous accueillons les dames et les messieurs. »

Jeb demanda au cocher de l'attendre, grimpa les marches du perron quatre à quatre et cogna à la porte. Il entendit bientôt un bruit de pas feutrés, et la porte s'entrebâilla.

– Que voulez-vous, monsieur? dit une voix de femme. Vous ne faites pas partie de mes hôtes et cette maison n'est pas un bordel.

– Sarah... Moody... (Il s'éclaircit la voix :) Je cherche Mlle Sarah Moody... On m'a dit qu'elle loge ici.

– Elle a loué une chambre, il est vrai. Mais je ne l'ai pas encore vue ce matin.

– Dans ce cas, voudriez-vous avoir la bonté de lui dire que Jeb Hawkins est là? Capitaine Jeb Hawkins.

– Capitaine, avez-vous dit? (Le cerbère ouvrit la porte à contrecœur.) Entrez donc, le temps que je monte jusqu'à sa chambre.

Le vestibule était si sombre qu'il fallut quelques secondes à Jeb pour distinguer la lourde silhouette d'une femme qui montait laborieusement un étroit escalier. Elle interrompit son ascension pour se retourner :

– Restez où vous êtes. Je m'appelle Dulcie Foster et je suis la propriétaire de cette auberge. Je la gère selon certaines règles et l'accès du second étage – où logent les dames – est interdit aux hommes!

Jeb ne souffla mot et attendit, ruminant son impatience. Les minutes s'écoulèrent avec une lenteur accablante et, lorsqu'enfin Dulcie Foster reparut, Jeb frémit : elle était seule. Elle devança ses questions.

– Mlle Moody n'est pas dans sa chambre. Elle est vide et le lit n'est pas défait. Et d'ailleurs, maintenant j'y pense, je ne l'ai pas vue rentrer, hier soir.

– Pas rentrée? Mais c'est impossible! (Puis, soudain :) Vide! Vous avez dit vide, madame? Elle devait pourtant avoir des bagages?

– Aucun bagage. Elle est arrivée les mains vides, et il ne reste que ceci... (Elle fit une grimace de dégoût :) Cette espèce de vêtement d'Indien qui pue comme il n'est pas permis!

Tout en parlant, elle était parvenue au bas des marches et demeurait plantée là, barrant le passage.

Jeb risqua un pas en avant.

– Peut-être devrais-je aller voir moi-même? Il est possible qu'elle ait laissé un message...

– Pas le moindre message, affirma-t-elle en croisant les bras sur son énorme poitrine. D'ailleurs, je vous assure qu'il n'y a rien à trouver. Ma parole d'honneur, capitaine. J'ai regardé soigneusement partout!

En proie à un abattement profond, Jeb se détourna et sortit sans ajouter un mot. Il s'immobilisa sur le seuil, l'esprit ailleurs.

Se lancer à sa recherche? Dans quelle direction? Aurait-elle, en cours de route, décidé de changer de destination? Une idée affreuse l'assaillit tout à coup : elle avait décidé de rester en compagnie de l'homme avec lequel elle venait de passer l'hiver. Quel était son nom déjà?... Flanagan... ou quelque chose comme ça. Probablement quelque bel aventurier irlandais, audacieux dans l'action et entreprenant avec les femmes. Rien de commun avec ce foutu capitaine à la manque incapable de résister à ses instincts et qui s'était jeté sur elle pour tenter de la violer. Tenter? Il l'avait bel et bien violée, oui!

Alors quelle bon Dieu de raison aurait-elle de préférer Jeb Hawkins? Hier après-midi, bouleversée par la réapparition de celui qu'elle croyait mort, elle lui avait cédé par pure gentillesse, presque par charité. Certes, elle lui avait dit son amour et avait juré de lui revenir. Mais la raison de cette attitude était simple: Sarah aurait affirmé n'importe quoi pour lui échapper. Il suffisait de se rappeler la hâte avec laquelle elle voulait regagner la pension. Elle avait même refusé de se laisser accompagner.

Ou encore, il était possible qu'elle ait été sincère et puis qu'elle soit revenue à la raison après avoir retrouvé son amant. Flanagan avait été bon pour elle et, en quelque sorte, elle lui devait la vie...

Les faits prouvaient abondamment que l'Irlandais l'avait emporté.

Perdu dans un brouillard de fureur et de tristesse, Jeb dégringola les quelques marches de l'auberge et se hissa dans la voiture de louage qui l'attendait.

– On retourne au quai! cria-t-il au cocher. En vitesse!

Bien qu'il n'eût pas fermé l'œil de la nuit, Sean Flanagan fredonnait avec allégresse en descendant de voiture, devant la pension Foster. A l'instant précis où une autre voiture, découverte celle-là, emportait un homme barbu et de haute taille.

– Attends-moi ici, André, dit Sean au cocher. Je suis venu chercher une dame et tu nous mèneras à l'embarcadère. Je te laisse la malle et mes affaires.

Avant de s'engager dans l'escalier, Sean brossa son vêtement d'un revers de manche. Tout ce que la maison Fortier possédait de plus somptueux : des bottes noires, d'un beau cuir souple, des culottes gorge-de-pigeon et une chemise blanche à jabot de dentelle. Avant de sombrer dans une interminable partie de cartes, il avait tenu à s'habiller richement, afin de montrer à Sarah que, lui aussi, savait porter autre chose qu'un crasseux vêtement de peau de daim. Il se redressa et gravit les marches quatre à quatre. Il ébranla la porte à coups de poing.

Elle s'entrouvrit presque aussitôt et il reconnut la voix de Dulcie Foster :

– Alors quoi? Qu'est-ce que vous voulez encore?... Oh, tiens, c'est vous, Sean Flanagan!

– En chair et en os, ma Dulcie adorée!

– Si vous venez chercher la belle dame qui est venue hier de votre part, eh bien, elle n'est pas là!

Elle avait ouvert la porte en grand, mais elle en barrait le passage de son énorme personne.

Sean fronça le sourcil.

Pas là? Où est-elle allée?

– Pas la moindre idée, répliqua-t-elle. Elle n'a d'ailleurs pas passé la nuit ici!

A cette nouvelle, Sean se sentit inquiet.

– Ce n'est pas possible, Dulcie! Où donc aurait-elle couché?

– Pas la moindre idée non plus! Elle a réclamé un bain, elle a revêtu ses plus beaux atours, elle a fait honneur à mon menu comme quelqu'un qui n'a pas mangé à sa faim depuis des mois et puis elle est partie en voiture. Je ne l'ai plus revue.

Sean secoua la tête comme pour éclaircir ses idées. Il venait de passer la nuit entière à jouer et boire du cognac; il ne regrettait rien d'ailleurs : il avait gagné des sommes considérables! Il dit lentement :

– Je ne comprends pas...

– Je ne peux vous être utile à rien. Et ne demandez pas à voir sa chambre, elle est vide... vide, à l'exception de cette défroque indienne qu'elle portait à son arrivée. Il y a un autre...

Sean bondit sur ce qu'il croyait être un indice.

– Un autre quoi, Dulcie?

Elle secoua la tête.

– Rien! Cela n'a aucune importance.

– Bon, eh bien, je vais me lancer à sa recherche. Si par hasard vous la revoyiez, dites-lui que je suis venu, voulez-vous?

– Comptez sur moi, Sean Flanagan. (Comme il se retournait, elle éclata d'un grand rire.) On dirait que votre cote est en baisse, mon ami! En voilà au moins une qui ne s'est pas laissé prendre à vos boniments!

– Elle, peut-être, mais cela ne vous arrivera jamais à vous, Dulcie chérie, jamais à vous!

Elle riait encore quand il atteignit la dernière marche, roulant de sombres pensées. Cette situation comportait des détails troublants. Sarah se serait-elle embarquée seule à bord d'une péniche en partance pour la Nouvelle-Orléans? Non! D'abord, elle ne possédait pas d'argent, ensuite, elle n'avait aucune raison de partir avant d'avoir touché sa part de la vente des fourrures. Sans parler de la malle de vêtements. Non, il la connaissait bien, elle n'était pas femme à agir ainsi! Si elle n'avait pas souhaité sa compagnie jusqu'à la Nouvelle-Orléans, elle le lui aurait dit sans détour. Il était de plus en plus convaincu qu'il lui était arrivé quelque chose. Il remonta en voiture.

– André, est-ce que, par hasard, tu aurais chargé une dame, hier? Brune, vêtue d'un ensemble de velours bleu?

– Mille regrets, monsieur Flanagan, c'est mon premier voyage de la semaine jusqu'à la pension Foster.

Sean réfléchit un moment. Il n'existait que quatre voitures de louage à Saint Louis, toutes appartenant à la même écurie. Par conséquent, c'était forcément l'un des quatre cochers qui l'avait conduite au débarcadère.

– Emmène-moi à l'écurie, André, et vite!

– Entendu, monsieur!

Il fit claquer son fouet et le léger attelage s'envola.

Perdu dans ses réflexions, Sean ne prêtait guère attention au bavardage du cocher, quand, soudain, une phrase le frappa comme un coup de massue... « Ils ont trouvé le pauvre Eli dans le fossé, la tête fracassée. Il était mort. »

– Excuse-moi, André, je réfléchissais. Qu'est-ce que tu viens de dire? Qui est mort?

– L'un de nos cochers, Eli Thompson, monsieur Flanagan. Il a été trouvé assassiné sur le bord de la route qui conduit à l'embarcadère, juste en haut de la côte.

Sean sentit un frisson courir le long de son épine dorsale. Un signal bien connu : il y avait là une piste...

– Est-ce qu'on sait quelque chose?

– Je n'ai encore rien entendu, expliqua André, heureux d'avoir retrouvé l'oreille de son passager. Probablement un de ces ruffians de bateliers qui l'a bousillé pour lui voler le peu d'argent qu'il avait sur lui... C'est une sacrée engeance, ces rats de rivière!

– La voiture? L'ont-ils volée?

– Non. L'attelage l'a ramenée à l'écurie de lui-même.

– Tiens! Tu ne trouves pas ça bizarre? D'ordinaire, un attelage brusquement privé de son cocher est pris de panique et part au galop; ensuite les chevaux se fatiguent et s'arrêtent pour brouter dans le premier pré venu.

– C'est vrai ce que vous dites, monsieur, mais Samuel jure que ça s'est passé comme ça.

– Et... qui est Samuel?

– Samuel Fisher, le gars qui surveille les écuries, la nuit.

Ils étaient parvenus à peu de distance de l'établissement de louage.

– Ce Fisher, dont tu me parles, on le trouve facilement?

– Pour sûr, monsieur. On lui connaît pas de logement. (La voiture s'immobilisa dans la cour du relais.) Le jour, y dort dans une écurie vide.

Sean s'empressa de descendre.

– Où ai-je une chance de le trouver?

– Première écurie vide sur la droite, monsieur...

– Parfait, André. Attends-moi ici, veux-tu, j'aurai encore besoin de tes services.

Sean pénétra d'un pas assuré dans les écuries. Il inspecta les boxes l'un après l'autre jusqu'à ce qu'il découvrît une masse informe à demi ensevelie sous un tas de paille.

Sean se pencha et extirpa l'homme de son sommeil en l'empoignant par le col de sa chemise.

Samuel Fisher était maigre et tordu comme un vieux sarment. Ses vêtements, ou ce qui en tenait lieu, n'étaient plus que haillons répugnants et le tout puait la crasse, le vin aigre et le fumier. Sean le secoua jusqu'à ce qu'il ouvrît les yeux.

– Samuel Fisher?

L'homme avala convulsivement sa salive à plusieurs reprises, fixant sur son interlocuteur le regard apeuré de ses yeux striés de rouge.

– Ouais... j' suis bien Samuel Fisher, chevalier. Qu'est-ce que vous voulez d' moi?

– Je veux que tu me parles de la voiture qui est rentrée toute seule, la nuit dernière... celle dont le cocher a été tué.

– Ben quoi, chevalier? Qu'est-ce qu'y a à raconter? pleurnicha-t-il en essayant de se dégager.

Les façons du petit homme parurent suspectes à Sean.

– Tu mens effrontément, Samuel! Alors écoute-moi bien, je veux la vérité, sinon je te secouerai jusqu'à ce que les dents te tombent! Mais si tu parles, sans chercher à me tromper, je t'offrirai de quoi te payer une bonne bouteille.

– Mais j' sais rien, j' vous jure!

– Je suis prêt à parier, au contraire, que tu sais quelque chose... Une chose qu'on t'a défendu de dire. Dis-moi de quoi tu as peur.

N'obtenant pas de réponse, Sean le frappa légèrement au visage, du revers de la main, puis il se mit à le secouer sans pitié.

– Je veux la vérité, tu m'entends, sinon tu vas le regretter!

– C'est bon.. c'est bon... J' vais tout vous dire... La voiture, elle est rev'nue avec trois personnes dedans. J' faisais un p'tit somme ici, moi. Quand j' l'ai entendue arriver, j'ai cru qu' c'était Eli. Et pis j'ai entendu des voix que je ne connaissais pas et j' suis resté à écouter. Y disaient des choses bizarres. J'ai eu peur de r'garder... et après qu'y z'étaient partis, j'ai eu peur de raconter au maît' d'écurie. J'avais peur qu'y m' foute dehors...

– Ça ne m'intéresse pas! Tu as dit trois personnes. Y avait-il une femme?

– Je... j' crois bien. J' l'ai pas entendue prononcer une seule parole. Mais les hommes y parlaient d'une femme.

– Les hommes... As-tu entendu prononcer un nom?

L'homme hésita.

– Un, oui, j'en ai entendu qu'un seul... quelque chose comme Giles, je crois...

– Giles Brock! (Sean poussa un juron.) Le bandit a réussi à mettre ses sales pattes sur la malheureuse Sarah! Que s'est-il passé ensuite?

– Y z'ont pris trois canassons... y en avait deux à eux, on dirait, mais l' troisième... y l'ont volé!

– Pour aller où, Bon Dieu? As-tu entendu un nom de village, de région?

– Tout c' que j'ai entendu... (Samuel Fisher avala avec effort, tandis que ses yeux s'obscurcissaient de frayeur.) J' les ai entendus dire qu'y z'allaient vend' la femme comme esclave à un chef peau-rouge.

– Quel chef? Quelle tribu?

Cédant, inconsciemment, à l'énervement, Sean avait resserré le col de chemise de l'homme. Samuel Fisher agita frénétiquement les mains, incapable de prononcer une parole de plus. Sean relâcha légèrement son étreinte.

– Je jure... j' vous jure que c'est tout c' que j' sais, chevalier, y n'ont dit aucun nom de tribu... pas pendant que j'écoutais.

– Tu n'as rien entendu d'autre?

– Rien... rien du tout! Je l' jure sur la tombe de ma pauv' mère!

D'un geste qui exprimait tout son dégoût, Sean lâcha l'homme et le repoussa du plat de la main. De sa poche, il sortit ensuite une poignée de pièces qu'il lança dans la boue. Samuel poussa un grognement de joie et se mit à leur recherche, à quatre pattes dans le fumier et le crottin. Sean s'éloigna à grands pas, puis se retourna soudain :

– Dis à ton maître que Sean Flanagan veut lui acheter ses deux meilleurs chevaux. Puis, selle-les et tiens-les prêts. Je serai de retour dans une heure.

Sean se laissa tomber sur la banquette de la voiture.

– Chez Jacques Fortier! Et... fouette cocher, je suis terriblement pressé!

Durant le court trajet qui le séparait du magasin de son ami, il roula de noires pensées. Jamais il ne s'était trouvé en proie à une telle colère. Il aurait dû céder à la prière de Sarah et supprimer le misérable quand il gisait inerte sur la rive du Mississippi. A cause de ses scrupules imbéciles, Sarah se trouvait aujourd'hui en danger. Serait-elle donc éternellement soumise aux humiliations, aux pires tourments? Un élan de pitié, un sentiment de tendresse profonde l'envahit tout à coup, qui l'amena au bord des larmes. Sarah aux mains de Giles Brock et demain, peut-être, esclave d'un chef indien!

Tout en gravissant à la hâte les marches qui

conduisaient au magasin de son ami Fortier, Sean ne put s'empêcher de jeter un regard sur son magnifique costume. Sarah le verrait-elle jamais?

Fortier, occupé derrière son comptoir, leva la tête.

– Mon Dieu, mon ami, vous ressemblez à un nuage d'orage! Jamais je ne vous ai vu si bouleversé. Qu'est-il arrivé?

Sean le mit rapidement au courant et le petit homme joignit les mains dans un geste d'effroi.

– La pauvre dame! Je suis sincèrement désolé!

– Je vais reprendre mon costume de chasse et mon fusil que je vous ai laissés en garde, hier. Mais je voudrais... (Il sortit de ses poches l'argent gagné aux cartes et l'entassa sur le comptoir.) Je désire vous laisser ceci en dépôt. Vous l'ajouterez à la somme convenue lors de notre transaction.

Fortier ouvrit de grands yeux.

– Cela représente beaucoup d'argent, mon ami!

– Je le sais. Si je ne reviens pas, s'il m'arrive malheur, la totalité de cet argent sera pour Sarah Moody. Est-ce bien entendu?

– Il en sera fait selon votre volonté, Sean, acquiesça Fortier en hochant la tête. Mais que se passera-t-il si vous ne revenez ni l'un ni l'autre?

– Dans ce cas, j'ai l'impression que cela n'aura plus aucune espèce d'importance, ne croyez-vous pas? dit-il en grimaçant un sourire. Vous n'aurez qu'à tout garder, mon vieux Jacques. Je vous demanderai seulement d'en consacrer une partie à une belle veillée mortuaire à la mode irlandaise d'autrefois!

Quand Sarah reprit connaissance, elle se rendit compte qu'elle avait été jetée en travers d'un cheval sellé, face tournée vers le sol. Pieds et mains liés de lanières de cuir qui passaient sous le ventre de l'animal, elle était également bâillonnée. Il faisait nuit et ils avançaient au galop.

En même temps que la mémoire des événements lui revenait, un noir désespoir emplit son âme. Une fois de plus, elle se trouvait à la merci de Giles Brock. Vouée à quel effroyable destin? De toutes les hypothèses plausibles, la mort lui paraissait la plus douce. Mais, à l'évidence, Giles Brock projetait tout autre chose, sinon elle aurait été tuée depuis longtemps.

Que lui avait dit Jeb? Que Brock était devenu le chef d'une bande de pirates qui opéraient sur le fleuve! Peut-être avait-il l'intention de la livrer à ses hommes et d'en faire leur prostituée?

Une vague de rage la submergea, plus forte que son désespoir. Elle tenta de se libérer de ses liens... Mais elle s'aperçut qu'elle était attachée à la selle. Une selle qui lui enfonçait les côtes, tandis que les liens de cuir lui meurtrissaient la peau à chaque saccade.

Puis elle se souvint que deux hommes s'étaient lancés à l'assaut de la voiture. L'attaque avait été si brutale et si rapide qu'elle n'avait pas eu le temps de voir le visage du second assaillant.

Comprenant que tout effort pour s'échapper serait vain pour le moment, elle se laissa aller et feignit l'inconscience. Peut-être ses tortionnaires parleraient-ils sans se méfier. Et bientôt, en effet, une voix s'éleva :

– J'ai les fesses en compote, Giles ! Combien de temps on va encore cavaler comme ça ?

– Jusqu'à ce qu'une distance respectable nous sépare de Saint Louis. Quelqu'un est peut-être lancé à nos trousses, bien que j'en doute fort. Tu crois peut-être que je suis plus à l'aise que toi, Rhys ? Tu sais bien que je déteste me taper le cul sur ces saloperies de canassons !

Oui, elle aurait dû deviner que le second individu n'était autre que Rhys Pommet ! Qu'aurait donc pu entreprendre Brock sans lui ? Les jumeaux du diable ! Une sacrée paire de gredins, aurait dit Sean.

La pensée de Sean, le souvenir de l'après-midi passé en compagnie de Jeb ravivèrent son désespoir. Que penseraient-ils, l'un et l'autre, en ne la trouvant nulle part, le lendemain matin ? Chacun d'eux croirait-il avoir été abandonné au profit de l'autre ? S'il devait en être ainsi, inutile d'espérer qu'ils se lancent, l'un ou l'autre, sur les traces de ses ravisseurs. Elle ne devrait compter que sur elle-même pour échapper à ses tortionnaires.

Le voyage lui parut interminable. Elle étouffait, se sentait au bord de la nausée. Tout son corps lui faisait mal.

L'aube blanchissait l'horizon quand Brock donna le signal de la halte. Sarah était sur le point de s'évanouir pour de bon car les douleurs étaient devenues intolérables.

– Installons-nous ici, ordonna-t-il. A présent qu'il fait jour, l'un de nous peut monter la garde pendant que l'autre dormira.

Les deux hommes descendirent de cheval et conduisirent leur monture à l'abri des fourrés qui poussaient haut en cet endroit. Tandis que Pommet les dessellait pour les laisser brouter, Brock s'approcha du cheval en travers duquel Sarah était toujours attachée.

– Vous n'êtes ni évanouie ni endormie, je vous ai entendue vous agiter. Alors, ouvrez les yeux et regardez bien en face votre vieil ami Brock.

Comme elle s'obstinait à garder les yeux fermés, il glissa une main entre la selle et son corps et lui pinça la pointe d'un sein entre le pouce et l'index. La douleur fut si vive qu'elle redressa la tête, les yeux écarquillés, essayant vainement de hurler. Leurs deux visages étaient si proches, qu'elle percevait l'odeur lourde de son haleine.

Brock, sans cesser de grimacer, retira sa main et délivra Sarah de son bâillon. Elle inspira une longue bouffée d'air frais puis, ayant retrouvé son souffle, lança à la tête de son bourreau un chapelet d'insultes qu'elle se sentait incapable de retenir plus longtemps.

– Maudit fils de putain! Pourriture! Rat! Ordure! s'entendit-elle articuler dans une sorte de sifflement.

Brock lui lança un regard rageur et, de son poing fermé, la frappa sur la tempe. Le coup étourdit Sarah; des étoiles dansèrent devant ses yeux. Elle entendit vaguement Pommet ricaner.

– C'est tout c' que tu lui donnes comme punition, Giles?

– Mais non, t'inquiète pas! Détache-la donc et balance-la sous l'arbre. On va lui apprendre à nous respecter un peu plus.

– Maintenant, Giles? On va l'avoir, maintenant? Y a une semaine que j'ai pas eu de femme.

– Je te la donnerai dès que j'aurai fini.

Pommet la tira à bas du cheval après avoir défait ses liens, et la traîna sans ménagement jusqu'au pied de l'arbre.

Ce bref instant lui suffit pour comprendre que cette unique chance d'évasion ne se représenterait plus; elle bondit sur ses pieds et se mit à courir avant que les deux hommes aient eu le temps de réagir.

– Rattrape-la! hurla Brock. Rattrape-la ou sinon j'aurai ta peau! Je t'avais donné l'ordre de la surveiller, bon Dieu...

Sarah, les membres engourdis se dirigeait vers le cheval encore sellé qui l'avait amenée jusque-là... Si elle réussissait à sauter sur l'animal avant qu'ils l'aient rejointe, elle pourrait leur échapper...

A la seconde précise où elle posait la main sur le rebord de la selle, dans l'espoir de se hisser, aidée par l'élan de la course, des doigts de fer s'enfoncèrent dans son épaule, comme les serres d'un rapace, une main la tira brutalement en arrière, l'envoyant rouler sur le sol où elle demeura étourdie.

– Attache-la de nouveau, dit Brock.

Elle eut beau se débattre avec l'énergie que l'on dit être celle du désespoir, elle se retrouva très vite ligotée. Et elle ferma les yeux en sentant qu'ils relevaient ses jupes. Brock, tout proche, murmura d'une voix rauque :

– Maintenant à nous deux, miss. Tu vas avoir un avant-goût de ce que je tiens en réserve pour toi.

– Dépêche-toi un peu, Giles! protesta Pommet. Je suis tellement excité que je n'attendrai plus bien longtemps.

– Tu attendras, Rhys. Tu attendras sagement et tu me foutras la paix jusqu'à ce que j'en aie terminé avec cette garce.

Sarah faillit pousser un cri de douleur lorsque le corps de Brock s'écrasa de tout son poids sur le sien. Mais elle se mordit la lèvre inférieure afin de ne pas leur donner la satisfaction de savoir qu'ils la faisaient souffrir. Elle aurait voulu, de toute sa volonté, réussir à détourner sa pensée de l'acte brutal qui s'accomplissait, mais les propos obscènes de l'homme qui était en train de la violer l'en empêchèrent. Elle ne pouvait pas ne pas les entendre. Quand Brock en eut terminé, Pommet prit aussitôt sa place, haletant d'impatience. Sarah ouvrit les yeux. Ce qu'elle vit alors, cette face maigre et cadavérique lui causa une impression telle qu'elle ne put réprimer un hurlement d'horreur. Pommet lui ferma la bouche d'un baiser baveux.

Le dégoût lui fit lever le cœur. Alors qu'elle se tordait en proie à la nausée, l'homme, se méprenant, se mit à brailler.

– Tu vois, Giles! Elle apprend quelque chose. Elle aime ça! J'ai l'impression que tu sais pas t'y prendre avec elle!

Sarah savait qu'avec le temps, s'estomperaient les meurtrissures de son corps, mais l'humiliation infligée à son âme, la férocité avec laquelle on l'outrageait, ces blessures-là ne se cicatriseraient jamais.

Lorsque Pommet, rassasié, se fut écroulé auprès d'elle, ils parurent désireux de ne pas aller plus loin ce jour-là. Elle fut adossée à un mince tronc d'arbre, auquel on la lia à l'aide d'une lanière de peau. Sa position était atrocement inconfortable et Sarah se demanda comment elle réussirait à prendre un peu de repos. Mais elle eût préféré mourir d'épuisement plutôt que de se plaindre à ses deux tortionnaires. Sa robe, la merveilleuse robe qu'elle avait achetée la veille à Saint Louis, était déjà déchirée et sale. Perdue à jamais.

Non loin d'elle, les deux hommes se querellaient au sujet du tour de garde. Brock finit par convaincre Pommet de prendre la faction en premier et l'envoya sur la route. Ensuite, il s'étendit sur le sol et dormit bientôt, ronflant bruyamment. La dispute qui avait éclaté entre les deux complices fit réfléchir la jeune femme. Lui serait-il possible, en usant de ses charmes, d'amener ces deux bêtes qui la convoitaient à s'entre-tuer? Si, par ce moyen, elle réussissait à éliminer l'un des deux hommes, ses chances d'évasion seraient accrues.

En dépit de l'inconfort de sa position, elle réussit à dormir un peu. Elle somnolait par à-coups et se réveillait en sursaut. Elle rêva aussi. Elle revécut, en rêve, l'attaque du Borgne. Seulement, dans son rêve, l'assaut de l'homme était couronné de succès et le sang qui ruisselait était le sien propre. Elle se réveilla en hurlant.

Son cri réveilla également Rhys Pommet, endormi sur le sol à peu de distance. Il releva la tête et gronda comme un chien enragé :

– Ferme ta gueule, sale garce, ou bien je vais aller te la boucler, moi!

Sarah tourna vers l'homme un regard où elle aurait voulu mettre toute la haine qui l'habitait. Un sentiment qui lui redonnait des forces. Il fallait qu'elle survive, ne serait-ce que pour s'offrir, un jour, le plaisir de tirer vengeance de ces deux êtres immondes qui ne vivaient que pour répandre le mal et la souffrance.

Le voyage reprit, interminable. Les douleurs de Sarah, attachée en travers d'une selle de cheval, pieds et poings liés, devenaient chaque jour plus insupportables. Les injures et les outrages faits à son corps se poursuivaient sans répit.

Et, à maintes reprises, Sarah, en dépit de ses résolutions, souhaita la mort du fond de l'âme. Elle chercha l'un ou l'autre moyen de mettre fin à ses jours. Mais, chaque fois, quelque chose l'empêchait d'aller jusqu'au bout. Le souvenir de ce qu'elle avait enduré, de ce à quoi elle avait survécu durant l'année qui venait de s'écouler, lui donnait un nouvel élan de courage. Et puis elle fit encore appel à sa mémoire pour l'aider à supporter les moments les plus atroces. Chaque fois que Pommet ou Brock était en train de la violenter, elle s'efforçait de fuir le présent, de ne penser qu'aux heureux moments passés en compagnie de Sean ou à l'heure de folle tendresse dans les bras de Jeb sur la péniche. Ou encore, elle revoyait la merveilleuse pureté des prairies couvertes de neige; elle se remémorait les parties de chasse avec Sean, la patience dont il témoignait à son égard, son inépuisable gentillesse...

La tentative qu'elle fit pour dresser l'un contre l'autre les deux hommes échoua. Elle choisit un moment où, Brock se trouvant à quelque distance, Pommet achevait d'exhaler bruyamment son plaisir, pour lui murmurer à l'oreille :

– On pourrait peut-être s'entendre tous les deux, Rhys... (Elle s'efforça de donner à sa voix une intonation enjôleuse.) Songe donc que ce serait merveilleux, toi et moi, sans ce Giles Brock qui passe son temps à t'injurier. S'il disparaissait, on pourrait...

Pommet releva la tête et la dévisagea de son regard froid et délavé, avec une intensité telle qu'elle crut, une fraction de seconde, la partie gagnée.

Et puis, soudain, son expression changea et il se releva avec un rire mauvais.

– Giles! Viens voir un peu!

Brock accourut en hâte à travers les buissons, et s'immobilisa devant eux, haletant.

– Voilà! Que se passe-t-il? Tu as des ennuis?

– Pas question, non, grimaça Pommet. C'est seulement qu'on dirait que cette garce me préfère à toi. Tu sais pas ce qu'elle vient de me dire? Que ce serait formidable, elle et moi, tout seuls : sans toi pour nous gêner! Qu'est-ce que tu penses de ça?

Brock s'agenouilla auprès de Sarah, les prunelles rétrécies par la colère.

– Voilà ce que j'en pense!

Et, sauvagement, il la frappa au visage d'un revers de main. Sarah frémit à peine, tant elle était habituée aux coups.

– Très rusée ta combinaison, ma garce, hein? Tu espérais provoquer une bagarre entre Rhys et moi, et qu'il me tue... qu'il me supprime. Et, du coup, tu voyais grandir tes chances d'évasion. (Un sourire venimeux plissa ses lèvres.) C'est malin, bien sûr! Mais pas assez pour moi, tu comprends! Parce que Rhys ne me tuera jamais! C'est pourtant pas l'envie qui lui en manque, c'est pas non plus qu'il ait peur, ni que les scrupules l'étouffent. Seulement... il n'a rien à gagner à ma disparition. Depuis qu'il est avec moi, il a la vie facile : des filles autant qu'il peut en baiser, de l'alcool autant qu'il peut en absorber sans crever... et tout ça grâce à moi. Et il le sait très bien. Rhys n'est peut-être pas le plus intelligent des hommes, mais il sait d'où vient le vent et il n'a pas l'intention de mordre la main qui le nourrit. N'est-ce pas, Rhys?

– C'est à peu près comme tu viens de dire, Giles, admit l'autre, surmontant son humiliation.

– Tu vois, ma belle, c'est ainsi! triompha Brock. Alors, je te donne un bon conseil. Ne gaspille donc pas ton temps ni ta salive à essayer de monter des coups à la noix et reste tranquille, si tu tiens à ta peau!

A plusieurs reprises, Sarah essaya d'amener Brock à parler. Où allaient-ils? Qu'adviendrait-il d'elle? Mais, chaque fois, Brock lui répliquait par le même ricanement, accompagné de la même formule :

– Tu le sauras toujours assez tôt, miss Moody! Estime-toi heureuse, au contraire, qu'on refuse de te le dire!

Pourtant, Sarah ne réussissait pas à imaginer une existence plus effroyable que celle qu'elle endurait depuis de longs jours.

Elle s'interrogeait sur la direction qu'ils prenaient. Ils se déplaçaient vers le nord-ouest, tournant le dos au Mississippi. Si Brock était vraiment le chef d'une bande de pirates, pour quelle raison s'éloignait-il du fleuve?

Un après-midi, après environ une semaine de

chevauchée, Brock, qui menait toujours le convoi, leva la main alors qu'ils allaient atteindre le sommet d'une crête. Pommet l'ayant rejoint, Brock désigna le fond de la vallée.

– Voici le village, Rhys. Le campement que nous cherchons!

Sarah, en se redressant, réussit à apercevoir les tentes d'un village indien. Pour l'amour du ciel, qu'avaient-ils à y faire?

Brock fit exécuter un demi-tour aux chevaux et ramena la petite troupe auprès d'un ruisseau qu'ils venaient de traverser. Il désigna l'eau claire d'un geste du bras.

– Tiens, sale garce, t'as assez réclamé un bain... Eh bien, lave-toi maintenant. Tu peux y aller et t'en donner à cœur joie.

Il descendit de sa monture et la libéra. Sarah demeura immobile, indécise, massant ses poignets d'un geste machinal.

– Pourquoi me permettre cela aujourd'hui?

– Je t'ai déjà dit de pas poser de questions pour rien! (Il la poussa sans ménagement vers l'eau.) Va te laver. On te surveille et n'essaie pas de te sauver... Avec les chevaux on t'aurait vite rattrapée. Compris?

Sarah était trop heureuse de pouvoir débarrasser son corps de la crasse accumulée depuis des jours et des jours pour poser d'autres questions. Qu'ils assistent à sa toilette lui importait peu. Au moins, cette fois, pouvait-elle espérer qu'ils ne la toucheraient pas.

Tournant le dos à leurs sarcasmes, elle fit

vêtements et s'enfonça dans l'eau. ...s elle était glacée mais Sarah, depuis longtemps, ne craignait plus le froid. Elle s'accroupit dans le lit peu profond du ruisseau et se mit en devoir de se frotter à l'aide du sable qu'elle recueillait dans ses paumes. Quand son corps fut récuré à sa convenance, elle lava sa longue chevelure noire. Elle frotta, rinça, recommença à plusieurs reprises, prolongeant son plaisir. Finalement, Brock, accroupi sur la rive, grommela :

– Ça suffit maintenant ! On n'a pas la journée devant nous. Sors de là et viens par ici.

Sarah sortit de l'eau à contrecœur et gagna la rive. Tandis qu'elle s'efforçait, non sans mal, de se sécher avec un morceau de toile grossière, Pommet poussa un grognement et s'avança vers elle d'un pas lourd. Brock le retint par le bras.

– Non, Rhys !

– Juste une dernière fois, Giles ! J'ai une envie... à pas pouvoir y résister... !

Brock secoua la tête en souriant.

– Je sais... Ça m'excite autant que toi de la voir se balader et se frotter comme ça... mais maintenant c'est fini !...

Sarah profita de la discussion pour passer rapidement ses vêtements. Brock poursuivit :

– ... et il nous la faut propre et... et pure pour le grand chef Buffle Blanc ! Ces idiots de Peaux-Rouges veulent des femmes blanches bien propres et sentant bon ! La raison ? Je la connais pas ! Quant à eux, les Indiens, moi, je trouve qu'ils

tôt une sorte de haie d'honneur qui menait en droite ligne vers la plus imposante des tentes, celle du chef Buffle Blanc, située au centre du village.

Soudain, un guerrier sortit du rang et se planta au milieu de la voie ainsi tracée. Il tenait son arc à la main. Il tira lentement une flèche de son carquois, l'engagea dans la corde de l'arc qu'il tira en visant dans leur direction. La flèche passa en sifflant à quelques centimètres au-dessus de leurs têtes.

Alors, surgit de la tente un guerrier de haute taille, aux traits réguliers, peau couleur de bronze et cheveux aile-de-corbeau ramenés en deux tresses de chaque côté de son visage aux pommettes saillantes. Une très belle peau de buffle, entièrement blanche, drapait royalement ses larges épaules. Il s'immobilisa à l'entrée de sa tente et attendit l'arrivée des visiteurs.

Sans tourner la tête, remuant à peine les lèvres, Brock s'adressa de nouveau à son acolyte :

– Fais attention, Rhys, c'est Buffle Blanc, le grand chef pawnee. J'ai fait sa connaissance quand je lui ai vendu l'alcool qu'on avait trouvé sur le radeau, tu te souviens? Tu vois la fourrure blanche qu'il a sur le dos? Un buffle blanc, y a rien de plus rare. Alors, quand un Indien a la veine d'en rencontrer un et de le tuer... c'est la gloire! C'est sans doute pour ça qu'il est le chef. Et c'est sans doute pourquoi il s'intéresse tant aux femmes blanches!

Il arrêta sa monture.

– Restez ici tous les deux. Je vais aller m'entretenir avec lui. Surveille-la, Rhys! C'est pas le moment de la perdre!

Brock se laissa glisser à bas de son cheval et s'avança d'un pas mesuré vers le chef indien. Aussitôt, les femmes s'attroupèrent autour du cheval de Sarah. Elles se montraient les liens qui lui retenaient les poignets et les pieds en poussant des gloussements difficiles à interpréter. Elles palpaient le tissu de sa robe en échangeant des commentaires. Et quelques-unes lui pincèrent cruellement les jambes. Mais, une fois de plus, Sarah mit un point d'honneur à ne pas broncher.

Brock et le chef indien se parlaient par signes. A un certain moment, Brock se retourna et désigna Sarah du doigt.

Depuis l'instant où le misérable lui avait révélé quel sort ignoble il lui réservait, Sarah s'était efforcée de rejeter l'horrible perspective dans un futur vague et lointain. Brutalement, le geste de Brock la ramena à l'immédiate et terrible réalité. Quel genre d'homme était ce chef indien? Etait-il possible qu'à lui seul il fût plus brutal, plus immonde que Brock et Pommet réunis? Peut-être que non, mais, quel que fût cet homme, la jeune femme mesurait un peu plus, à chaque seconde, l'horreur de sa situation. Il lui suffisait, pour s'en convaincre, d'observer l'attitude hostile des femmes indiennes qui l'entouraient. En désespoir de cause, elle commença à échafauder un projet d'évasion. Les Pawnee sans doute la libéreraient de ses liens...

Le grand chef fit soudain volte-face et pénétra dans sa tente, suivi de Brock. Sarah et Pommet restèrent sur leurs montures, dans une attente immobile, tandis que les femmes, lassées de l'indifférence de la jeune femme, se dispersaient en jacassant. Bientôt, les deux étrangers se retrouvèrent seuls au milieu du chemin : les femmes avaient repris leurs activités, des guerriers s'étaient assis en tailleur devant l'entrée de leur tente, d'autres s'étaient retirés; quant aux enfants, ils avaient trouvé d'autres jeux. Pommet, excédé par l'interminable attente, se tortillait sur sa selle en grommelant:

– Satané bon Dieu de Giles! Moi, j'en ai plein le cul de cette saloperie de canasson, pendant que ce salaud se prélasse en sirotant son tord-boyaux... ou en se remplissant la panse... Y doit être en train de bouffer du chien... Tu le savais, miss, que les Peaux-Rouges trouvent le chien excellent? La meilleure des viandes, qu'y disent! (Il éclata d'un rire bref et tonitruant.) C'est ça qu' tu vas avoir à bouffer maintenant!

Sarah, impassible, toujours dressée sur sa selle, regardait devant elle sans accorder à l'homme la moindre attention. Elle souffrait en chacun de ses muscles, et son cou, qu'elle s'efforçait de maintenir droit, était parcouru de douleurs et d'élancements difficilement supportables; elle aurait donné n'importe quoi pour pouvoir glisser à bas du cheval, se rouler en boule, et dormir à même le sol, interminablement. Mais non, plutôt l'enfer que de révéler à Pommet, ou aux Indiens, son épuisement et son chagrin!

Finalement, juste avant le coucher du soleil, Brock ressortit du tepee de Buffle Blanc et vint à eux d'un pas alerte en se frottant les mains d'un air satisfait.

– Et voilà! Affaire conclue, miss Moody! A partir de cet instant, vous êtes l'épouse de Buffle Blanc. La quatrième, si j'ai bien compris! (Et, se tournant vers son complice :) Une bonne affaire, Rhys! Il a bien discuté et marchandé, comme un bon Indien qu'il est, et puis, en définitive, j'ai réussi à le convaincre de nous refiler un ballot de fourrures qui va nous rapporter pas mal de jolies pièces. (Puis, s'adressant de nouveau à Sarah :) Un petit conseil, miss. D'après ce que j'ai compris, le grand chef Buffle Blanc a déjà eu des femmes blanches. Les autres, ses femmes indiennes, ont tué la dernière. Alors, je vous recommande de tenir votre langue... et de vous montrer docile. (Il se passa la langue sur les lèvres, à la façon d'un loup qui se lèche les babines, et conclut avec un sourire cruel :) De toute façon, elles finiront par vous tuer! Dès qu'elles s'apercevront que Buffle Blanc ne veut plus de vous dans son lit, elles saisiront sans hésiter la première occasion de se débarrasser de vous.

Le grand chef s'avançait vers eux, suivi d'un petit groupe de guerriers, les bras chargés de fourrures. Brock s'empressa vers Sarah et l'aida à descendre de cheval. Buffle Blanc vint se planter devant eux et ordonna :

– Délie la femme.

Brock s'exécuta puis, stupéfait, se tourna vers le chef indien.

– Vous parlez le langage des hommes blancs? Mais alors pourquoi m'avoir laissé patauger pendant tout ce temps, sous la tente?

– L'homme blanc qui vend sa propre femme, c'est fumier sous le pied de Buffle Blanc, expliqua l'Indien en crachant par terre. Buffle Blanc pas s'avilir à parler langage avec cet homme-là.

– En attendant, ça t'a pas empêché d'acheter sa femme, grommela Pommet. Tu l'as maintenant ta femme blanche, espèce de païen d'Indien!

Buffle Blanc, soudain figé, braqua sur Pommet le regard de ses yeux noirs comme braise. Une menace flottait dans l'air.

– Ferme ta grande gueule, Rhys, siffla Brock. (Puis se tournant vers le grand chef avec un sourire d'excuse :) Mon compagnon ne connaît pas les usages des Indiens... Il a parlé trop vite, sans penser à ce qu'il disait.

Buffle Blanc n'avait pas quitté Pommet des yeux. Au bout d'un laps de temps qui parut interminable aux trois étrangers, il accorda un signe de tête à Brock et s'adressa aux guerriers en pawnee. Puis se tournant vers Sarah :

– Viens.

Comme elle obéissait à l'Indien, elle entendit Brock dire à son acolyte :

– Tu veux nous faire massacrer tous les deux, bougre d'imbécile!

– Il avait pas le droit de nous traiter comme il l'a fait!

– Pas le droit? Triple idiot! Il a tous les droits, lui, il est le chef et y nous fait abattre en levant simplement le petit doigt! Maintenant, aide-moi à charger ce tas de peaux et foutons le camp d'ici à toute vitesse avant qu'ils aient changé d'avis!

Sarah avait suivi Buffle Blanc sous sa tente qui se révéla plus spacieuse qu'il n'y paraissait de l'extérieur. Au centre était installé un petit foyer où brûlaient des braises rougeoyantes dont la fumée s'échappait par un orifice ménagé le long du pilier central. Plusieurs lits étroits s'alignaient sous le chapiteau, mais ce fut celui du grand chef qui retint immédiatement son attention. Il était constitué par un cadre de bois, à l'intérieur duquel était tendu une sorte de sommier d'osier, retenu à l'encadrement à l'aide de nerfs d'antilope. Deux magnifiques peaux de buffle jetées sur le lit tenaient lieu de matelas et de couverture.

Au chevet de ce lit majestueux, s'étalait, fixée sur la paroi du fond, une immense peau de buffle tannée au point de ressembler à du parchemin, ce qui avait permis à un artiste de la tribu de peindre différentes scènes. Chacune d'elles immortalisait un exploit du chef : tantôt il abattait un buffle d'une seule et unique flèche, tantôt il combattait en corps à corps, tomahawk au poing, avec un autre Indien, tantôt il paradait en grand costume de guerre; enfin, on le retrouvait, lancé au galop de son cheval, perçant le flanc d'un énorme buffle blanc d'une lance ornée de plumes multicolores. L'artiste avait su donner à cette dernière scène une telle intensité de vie et d'action que l'on croyait voir le cavalier et sa monture galoper sur le mur de la tente. Le lit du maître de la tribu, outre ses dimensions grandioses, présentait une extrémité relevée, étayée sur deux poutres enfoncées dans le sol, de sorte qu'il faisait aussi office de trône où Buffle Blanc se tenait à la fois assis et couché. Les deux piliers de soutien avaient été finement sculptés et décorés. L'ensemble, surtout lorsque l'homme y était installé, l'homme qui allait devenir son maître, était impressionnant.

Sarah tourna la tête en entendant des gloussements et des chuchotements dans son dos. Tandis qu'elle était absorbée par la contemplation des lieux, les trois femmes légitimes du chef s'étaient faufilées à l'intérieur du tepee. Elles s'étaient rassemblées à quelques pas de l'intruse et l'examinaient avec hostilité.

L'une d'elles cracha sur le sol et articula dans un anglais à peu près compréhensible :

– Squaw blanche !

Buffle Blanc les harangua longuement et avec force, s'efforçant visiblement de les apaiser. Quand il eut terminé son sermon, il les écarta d'un geste souverain, et les trois épouses, les yeux baissés, se livrèrent à leurs occupations familières, l'une activa le feu, les deux autres préparèrent la nourriture.

– Toi, dit Buffle Blanc, comment ton nom blanc?

– Sarah, Sarah Moody.

– Je t'appelle... (Il réfléchit, plongea son regard de braise dans celui de la jeune femme, jusqu'à ce qu'un sourire léger plissât ses lèvres minces.) Je t'appelle Œil de Ciel. Viens! (Il désignait le sol, près de son trône, sur sa droite.) Toi assise ici, Œil de Ciel.

Ne sachant trop à quoi s'en tenir, Sarah surmonta sa peur, craignant qu'une attitude hésitante fût mal interprétée. Elle s'avança jusqu'à l'endroit indiqué et se laissa lentement glisser sur le sol. Un involontaire soupir de soulagement lui échappa, son corps pouvait enfin se détendre un instant...

Le grand chef indien tendit la main et caressa ses cheveux. Il émit un grognement de satisfaction à ce contact soyeux et enfonça ses doigts dans la chevelure de sa nouvelle épouse, comme il eût plongé ses mains dans une source fraîche à l'issue d'une longue journée de combat. Sarah demeurait tendue, s'interrogeant sur la manière dont il allait poursuivre son investigation. A sa grande surprise, il s'en tint là.

Mieux encore, il s'adossa confortablement et ferma les yeux.

– Buffle Blanc va dormir jusqu'à l'heure du repas. Œil de Ciel ne bouge pas.

Sarah ne bougea pas, bien qu'elle fût à plusieurs reprises tentée de bondir et de s'enfuir par le pan encore soulevé de la tente. La prudence, cependant, lui dicta une conduite plus sage. Elle devina qu'elle commettrait une erreur fatale. Certes, Buffle Blanc dormait, comme en témoignait le léger ronflement qui accompagnait sa respiration régulière, et les trois mégères ne lui accordaient apparemment pas la moindre attention, mais Sarah était sûre que chacun de ses gestes était épié et qu'une tentative d'évasion de sa part leur aurait fourni un excellent prétexte pour la tuer. Le délicieux fumet de la nourriture qui mijotait sur le foyer l'obsédait. Ses ravisseurs lui avaient imposé un régime si sévère, une semaine durant, ne lui accordant que juste de quoi survivre, qu'elle croyait défaillir de faim.

Ce que les trois femmes préparaient n'était d'ailleurs pas du chien, comme avait tenté de lui faire croire Pommet, mais un mélange d'herbes, de légumes et de pemmican, dont Sean lui avait appris que c'était une préparation composée de fines lanières de viande séchée, que l'on faisait revenir dans de la graisse fondue.

Le repas était présenté dans des récipients en écorce de peuplier dont la forme tenait à la fois de l'assiette et du bol. Buffle Blanc fut servi le premier, avec grande cérémonie. Ensuite les trois femmes emplirent leur assiette et se retirèrent dans l'angle le plus éloigné du tepee, laissant Sarah se débrouiller elle-même.

Elle fit un mouvement pour se lever, mais le grand chef posa la main sur sa tête en grognant :

– Reste, Œil de Ciel!

Et il invectiva les femmes avec une certaine irritation.

Alors, à contrecœur, l'une d'elles se releva. Elle déposa une portion de nourriture sur un plat d'écorce et l'apporta à Sarah, le visage fermé. Comme elles n'utilisaient pas de couverts, Sarah se sentit obligée de les imiter et de manger avec les doigts. Elle était d'ailleurs assez affamée pour n'accorder aucune attention à ce détail. Le repas achevé, un récipient d'eau fut apporté à Buffle Blanc dans lequel il se lava les mains et le visage. Après quoi, une de ses femmes lui apporta une pipe à très long tuyau terminé par un fourneau en bois. Tandis qu'il fumait, les trois concubines gagnèrent leurs lits, alignés contre le panneau du fond. Le feu n'avait pas été ranimé. Sarah, était demeurée assise. Exténuée, elle somnolait, appuyée contre le bord du lit quand Buffle Blanc remua.

– Viens, Œil de Ciel. Maintenant, toi droit à mon lit.

De nouveau, une irrésistible envie de fuir s'empara de la jeune femme. A tout le moins, celle de refuser d'obéir. Et puis, effrayée à la fois par l'une et l'autre perspective, elle préféra se résigner.

D'un geste de suprême dédain, le grand chef referma sa main droite sur le col de sa robe et déchira le corsage jusqu'à la ceinture. Puis, il lui arracha sa jupe. En un instant, Sarah se trouva nue devant lui, tremblant de la tête aux pieds.

Buffle Blanc jugea utile de commenter :

– Habit blanc. Ici, Œil de Ciel porter habit indien !

Et il lui fit signe de s'étendre sur le lit-trône.

A peine fut-elle allongée qu'il la rejoignit. Elle demeura immobile, tendue, les jambes étroitement serrées. Elle n'avait pas l'intention d'esquisser le moindre geste qui pût l'aider.

En fait, Buffle Blanc traita l'affaire avec le détachement d'un homme accoutumé aux étreintes sans histoires. Dédaignant toute espèce de préliminaire, d'ores et déjà en état d'érection, il écarta les jambes de la jeune femme et pénétra en elle. Une fulgurante douleur traversa Sarah. S'il ne prononça pas un mot, le grand chef ne fut pas pour autant silencieux : il poussait des grognements de plaisir, et parfois un sifflement s'échappait de ses lèvres.

L'humiliation de Sarah se doublait d'un sentiment de gêne dû à la présence des trois Indiennes qu'elle devinait aux aguets, épiant la moindre fausse note. Sans doute étaient-elles accoutumées à le voir prendre l'une d'elles en présence des deux autres, mais Sarah, elle, souffrait de se donner ainsi en spectacle.

Par bonheur, l'épreuve fut de courte durée. Le chef indien émit un grognement plus sourd que les précédents, puis se détendit dans un long gémissement. Presque aussitôt, il se recoucha de son côté, poussant Sarah, à bas de la couche. Quelques secondes plus tard, il se mit à ronfler. Sarah, qui n'avait pas reçu la moindre peau pour s'y étendre s'accommoda du mieux qu'elle le put des restes déchirés de son vêtement. Du moins, la température était-elle encore douce. Bientôt, épuisée, elle sombrait dans le sommeil.

Les tribus indiennes sont nomades par nature, par inclination mais aussi par nécessité. Elles campent et se déplacent en fonction des troupeaux de buffles. Cette quête se poursuit durant tout le printemps, l'été et l'automne; les tribus s'installent dès les premières chutes de neige, pour l'hiver. Les Pawnee, pourtant moins nomades que d'autres, se déplaçaient fréquemment et couvraient de longues distances. Buffle Blanc avait choisi le lendemain matin pour donner le signal du départ de l'une de ces longues randonnées. Sarah, que l'épuisement et les émotions avaient plongée dans une sorte de sommeil léthargique, fut éveillée tôt par les mille et un bruits d'une activité intense. Elle se redressa, stupéfaite, et constata que les murs du tepee avaient déjà été enlevés. Le lit royal du grand chef avait été démonté et les trois épouses s'employaient à entasser les ustensiles ménagers dans des outres en peau épaisse, qui portaient le nom – révélateur de leurs multiples usages – de « pare-flèches ».

Un moment s'écoula avant qu'elle ne recouvre entièrement ses esprits, mais très vite, elle se rendit compte qu'elle était nue et n'avait aucun vêtement à portée de main. En l'absence de Buffle Blanc, elle s'efforça d'attirer l'attention des trois femmes. Elles ne daignèrent pas lui accorder un regard. Sarah, qui sentait l'affolement la gagner, essaya de rassembler les lambeaux de son costume déchiré.

Au moment où elle était sur le point d'abandonner la partie, une jeune fille mince, élancée, d'une grande beauté, s'arrêta sur le seuil de ce qui avait été la tente royale. Ayant marqué un temps d'arrêt, elle s'inclina pour pénétrer sous le pan du toit qui subsistait encore. Sarah remarqua aussitôt, avec un élan de joie, qu'elle portait un vêtement jeté sur son bras et tenait une paire de mocassins à la main.

A la grande surprise de Sarah, la jeune fille lui adressa la parole dans un anglais enfantin mais compréhensible.

– Moi, Fleur de Prairie. (Elle sourit avec une modestie dénuée d'affectation qui rappela à Sarah la petite Langue Agile de J.J. Reeds.) Chef Buffle Blanc a dit vous avoir besoin vêtement.

Et, avec le même sourire, elle tendit les vêtements à la nouvelle épouse du chef. Sarah s'en empara avec une avidité qui la surprit elle-même.

– Merci, Fleur de Prairie! Seigneur Tout-Puissant, merci beaucoup! s'écria-t-elle en saisissant impulsivement la petite main brune pour la presser entre les siennes.

La jeune Indienne s'accroupit devant elle, la tête légèrement tournée vers les trois femmes qu'elle désigna du regard.

– Elles... euh... comment dire? Elles, devenues

folles... parce que toi avec Chef Buffalo. Attention! Il faut surveiller...

– Je les surveillerai, Fleur de Prairie, c'est promis. Merci encore!

– Vous a besoin de parler... Vous connais pas beaucoup de choses. (Elle esquissa un geste vague de la main et du bras.) Pas avoir peur! Demande à moi! Je dirai.

– Compte sur moi, promit Sarah avec un sourire forcé. Il semble en effet qu'il y a beaucoup de choses que je ne connais pas encore.

Fleur de Prairie hocha timidement la tête, puis elle s'éloigna d'un petit pas vif. Sarah s'empressa de revêtir le costume qui était un peu trop grand pour elle et dégageait une pénible odeur de moisi.

Sans attendre qu'elle ait achevé de s'habiller, les trois femmes enlevaient les bois de soutien du tepee. Sarah passa le seuil au moment précis où elles faisaient tomber le pilier central. Nul doute qu'elles auraient pris grand plaisir à le voir fracasser le crâne de Sarah. A l'aide de rondins, elles confectionnèrent une sorte de traîneau sur lequel elles chargèrent les pare-flèches. Sarah, vêtue décemment, sinon avec élégance, jeta un regard autour d'elle et constata que le village entier avait été démonté de la même façon et que chaque famille avait rassemblé son bien sur un traîneau, auquel un poney était attelé. Pour tirer son propre traîneau, le chef amena lui-même deux magnifiques chevaux.

Aucune monture n'étant prévue pour Sarah,

elle comprit très vite qu'elle devrait suivre à pied, logée, en cela, à la même enseigne que d'autres femmes du clan, y compris Fleur de Prairie, et la quasi-totalité des enfants. A l'inverse, tous les hommes, sans exception, voyageaient à cheval, sous la conduite de Buffle Blanc. La tribu s'était mise en branle, sans qu'aucun signal ait été donné, obéissant à une vague impulsion commune. Sarah se retourna, machinalement, au moment où elle s'éloignait du campement indien. A l'exception du trou creusé pour le foyer, au centre de chaque tente, et de quelques ustensiles brisés, plus aucune trace de leur passage ne subsistait.

La jeune femme ignorait tout du lieu où elle se trouvait. Devant elle, l'immense prairie s'étendait à l'infini. D'ailleurs, quand bien même elle aurait pu s'orienter, et bien que Buffle Blanc n'ait pas jugé utile de la placer sous la surveillance d'un garde, elle savait toute tentative d'évasion vouée à l'échec. Presque aussitôt, elle serait rattrapée par un ou plusieurs Indiens.

Sans doute fallait-il voir là une des raisons pour lesquelles personne ne prêtait la moindre attention à sa présence. Personne, non plus, ne lui avait adressé la parole. Sarah sentait la fatigue la gagner. Comme elle ralentissait, elle se trouva à la hauteur de Fleur de Prairie.

– Combien de temps allons-nous marcher ainsi?

– Jusqu'à nous trouver du buffle. Raison... départ. La viande fini. (La petite secoua les épaules.) Beaucoup de soleils. Marcher jusque troupeau de buffles.

– Les hommes... euh, les guerriers, j'ai remarqué, laissent le travail aux femmes.

– Guerriers chasser, guerriers trouver nourriture, guerriers sentier de la guerre, répondit la petite Indienne avec gravité. Femmes préparer la viande tuée par guerriers. Cuire la viande. Planter tepee... défaire tepee...

Sarah, qui se souvenait du rude hiver passé à travailler avec Sean, poussa un soupir.

– Le sort de la femme est dur dans ce pays. Mais tout de même, celui de la femme indienne paraît plus dur encore.

Fleur de Prairie la regardait d'un air perplexe.

– Le sort... le sort... Fleur de Prairie comprend pas.

– C'est le travail! Les femmes indiennes travailler beaucoup.

– Oh oui! acquiesça la petite Indienne retrouvant son sourire. Mais meilleur maintenant.

– Meilleur? Comment serait-ce possible, mon Dieu?

La jeune fille lui apprit alors que le poney n'avait été introduit qu'assez récemment dans la Grande Prairie. Auparavant c'étaient les femmes qui tiraient les traîneaux.

– Aujourd'hui, conclut-elle, on a les poneys et les chevaux, on monte sur les chevaux.

– Toi, pourtant, tu n'en as pas le droit. Pourquoi cela?

Fleur de Prairie sourit modestement.

– Moi, pas mariée. Seulement la femme avec mari a droit un cheval.

– J'espère que tu trouveras bientôt un mari!

– Je trouve, affirma la petite, sans se départir de sa modeste contenance. (Elle ajouta sur le ton de la confidence :) Dans pas longtemps.

La pensée de Sarah suivait un cours tout différent.

– Fleur de Prairie, demanda-t-elle, connais-tu la grande rivière, par là?

Approximativement, elle croyait pouvoir situer le sud.

– La grande rivière? répéta la jeune fille d'un air dubitatif. (Puis un sourire éclaira son joli visage.) Eau rapide? Rouge comme sang quand neige fond?

– C'est cela, oui, le Missouri! (Au moins son estimation se révélait-elle exacte : ils se trouvaient au nord du fleuve Missouri.) C'est loin?

– Oh oui! beaucoup de soleils. Trois, quatre soleils de marche!

L'enthousiasme de Sarah retomba. Cela signifiait trois à quatre jours de marche harassante. Mais, après tout, n'avait-elle pas connu plus dur aux côtés de Sean? Dès qu'elle atteindrait le Missouri, elle serait sauvée. Elle trouverait bien à s'embarquer sur quelque bateau à destination de Saint Louis.

Restait à saisir le moment opportun.

Le camp fut établi au coucher du soleil. On ne

dressait aucune tente, on laissait simplement les chevaux paître et on allumait de grands feux pour cuire le repas du soir.

Le grand chef Buffle Blanc et ses épouses disposaient d'un feu pour eux seuls. Pour la première fois depuis la veille il daigna adresser la parole à Sarah.

– Viens ici, Œil de Ciel, dit-il en désignant la place libre à côté de lui.

Elle s'exécuta et lui laissa caresser ses cheveux. Il lui était impossible, en revanche, de demeurer indifférente aux regards noirs que lui lançaient les trois femmes dédaignées, blotties l'une contre l'autre, près du feu de camp. Sarah mesura toute la valeur de l'avertissement de Fleur de Prairie. Elles n'hésiteraient pas à lui faire du mal, si l'occasion leur en était offerte, à l'insu de Buffle Blanc. De toute manière, elles attendraient patiemment qu'elle tombe en disgrâce.

Même menu que la veille, pemmican, légumes et herbes. Mêmes gestes que la veille, à cette exception près que n'ayant pas d'eau à disposition, personne, pas même le grand chef, ne se lava le visage ni les mains. Sarah se contenta d'essuyer furtivement ses doigts à l'ourlet de son vêtement. Le repas achevé, les épouses se retirèrent hors du cercle de lumière et s'enroulèrent dans leur peau de buffle. Buffle Blanc alluma sa pipe et la fuma paisiblement, sa lourde main possessive posée sur l'épaule de Sarah. Quand le feu ne fut plus qu'un rougeoiement de braises, le grand chef s'allongea sur sa peau de buffle, attirant Sarah près de lui. Même scène que la veille : le chef pawnee releva le vêtement de la jeune femme et la prit avec la même brutalité.

« Exactement le taureau qui monte une génisse, pensa Sarah, révoltée. Eh bien, je lui montrerai que je ne suis pas une génisse ! »

Dès qu'il en eut terminé, le maître la repoussa sur le sol rude et s'installa pour la nuit. On eût dit qu'elle n'était plus pour lui qu'un objet usagé, souillé.

Complètement éveillée à présent, frémissant de colère, Sarah se mit à forger ses plans. Elle partirait... Il fallait qu'elle parte, qu'elle échappe à cette condition humiliante ! Plutôt la mort que cette souillure quotidienne. Elle se retint pourtant de fuir sur-le-champ, elle se sentait trop épuisée.

Le lendemain, elle s'appliqua à ménager ses forces, attendant la nuit avec impatience. Une fois accompli le rituel quotidien, elle patienta jusqu'à ce que chacun fût endormi. Plus que d'éventuelles sentinelles, dont la présence pourrait lui échapper, elle redoutait les chiens. Elle se glissa hors du cercle des Indiens endormis, progressant sur les mains et les genoux avec une lenteur calculée. Soudain, un aboiement la cloua au sol, le cœur battant à tout rompre. D'interminables secondes s'écoulèrent sans que rien ne bougeât. Elle fut sur le point de se diriger vers les chevaux entravés, mais elle craignit de les effaroucher et de les voir déclencher un bruyant remue-ménage. Elle continua à ramper, sur plus d'une centaine de mètres; elle voulait dépasser le périmètre du campement. A ce moment-là seulement, elle osa se redresser et marcher. Tout paraissait normal. Nul cri, nul bruit, nulle alerte... Elle avait réussi!

Forte des leçons de Sean qui lui avait appris à s'orienter la nuit, elle identifia l'étoile du Nord et se dirigea vers le sud. L'évocation de l'étoile du Nord (*North Star*) la fit frissonner d'émotion. « Jeb chéri, murmura-t-elle, j'arrive! Je reviens vers toi! »

Elle résistait mal à l'envie furieuse de courir, d'échapper à la proximité obsédante de ce campement de sauvages. Elle aurait voulu le savoir déjà loin derrière elle. Mais le bon sens l'emporta. Elle s'en tint donc à une marche soutenue qui, au lever du soleil, l'amena, selon ses estimations, à cinq miles au moins de son point de départ. Elle rêvait de s'arrêter pour prendre un peu de repos, mais, une fois de plus, elle tendit sa volonté et poursuivit son chemin.

Deux heures environ après le lever du soleil, un martèlement de sabots jeta la terreur dans son âme et dans son corps. D'un bref coup d'œil en arrière, elle mesura le danger : quatre cavaliers galopaient vers elle. L'affolement lui donna de nouvelles forces et elle bondit littéralement en avant, emportée dans une course désordonnée, titubante...

Le tonnerre des sabots qui martelaient le sol derrière elle se rapprochait. Instinctivement, elle serra les omoplates dans l'attente de la flèche ou de la pointe de lance qui allait s'enfoncer dans son dos.

– A...ï...ï...i...i...ie!

Le cri perçant lui déchira la cervelle. Au même instant, un bras la ceinturait, l'arrachait du sol, au plus fort de son élan et la ramenait face à un guerrier grimaçant.

Sarah lança ses deux poings dans la direction du visage de cuivre, prête à n'importe quoi pour se défendre. Alors, le Pawnee la retourna en riant, la souleva face vers le sol et la jeta devant lui en travers de sa monture.

20

Le cheval qui transportait Sarah décrivit une courbe élégante et vint s'immobiliser devant le grand chef indien. Le Pawnee qui l'avait amenée la fit basculer sur le sol, aux pieds de son maître.

D'un mouvement vif, Buffle Blanc se pencha et referma l'étau de ses doigts sur la chevelure de la jeune femme qu'il tira ainsi jusqu'à ce que son visage fût proche du sien. A hauteur de son regard de braise, qui flambait d'une colère meurtrière.

– Femme blanche est folle essayer fuir Pawnee. Guerrier pawnee suit trace aigle dans ciel la nuit! siffla-t-il en ponctuant chaque mot d'une secousse qui aurait arraché des hurlements de douleur à Sarah si elle ne s'était mordu la lèvre inférieure jusqu'au sang. Buffle Blanc donne beaucoup fourrures pour Œil de Ciel. Œil de Ciel appartient à Grand Chef maintenant. Jamais plus fuir!

Puis, il la rejeta brutalement sur le sol, où elle demeura étourdie, le souffle coupé. Du fond de son semi-évanouissement lui parvinrent les cris de Buffle Blanc qui donnait l'ordre du départ. On n'avait pas encore levé le camp. La tribu entière était demeurée sur place, l'arme au pied, attendant que l'on retrouve la fuyarde. Que l'on ramène cette créature que le chef avait payé si cher et qui osait se rebeller!

L'ordre étant rétabli, le clan se rassembla pour le départ.

Sarah se redressa, secoua la tête pour chasser l'étourdissement, au moment précis où les trois femmes légitimes convergeaient vers elle, un rictus mauvais sur les lèvres. Elles l'obligèrent à se lever et la poussèrent en avant avec une hargne que le maître n'était pas là pour tempérer, à supposer qu'il eût souhaité le faire. Durant cette journée de marche épuisante, elles se relayèrent pour la surveiller et la stimuler, si nécessaire, en lui cinglant les épaules et le dos avec une mince baguette de saule.

A plusieurs reprises, elle aperçut Fleur de Prairie qui n'osait pas même risquer un regard dans sa direction. Visiblement on avait fait la leçon à la petite et on lui avait interdit de communiquer avec la réprouvée.

Lors des randonnées de chasse avec Sean, Sarah avait cru, souvent, toucher le fond de l'épuisement. A présent, elle reconnaissait son erreur. L'interminable marche dans la nuit, après quelques heures de repos à peine, l'avait à ce point anéantie que, le signal de la halte à peine reçu, elle s'affala sur place et s'endormit instantanément d'un sommeil sans fond.

Elle fut éveillée par une secousse brutale qui la fit se redresser avec un cri de frayeur. La nuit avait envahi le camp, le repas était depuis longtemps terminé, les feux mouraient en jetant des lueurs ici et là, dans l'obscurité profonde. Le foyer de Buffle Blanc rayonnait encore d'une clarté suffisante pour permettre à Sarah de lire l'expression de méchanceté qui déformait ses traits.

Il se leva, l'empoigna par le bras, enfonçant ses doigts dans la chair de la jeune femme et la traîna jusque sur sa peau de bête où il la jeta rudement.

« Si je pouvais me rendormir, pensa Sarah, et continuer à dormir jusqu'à ce qu'il en ait terminé. » La corvée aurait pu, en effet, se dérouler de cette manière, si Buffle Blanc n'avait pas décidé de lui infliger une punition exemplaire et cruelle. Il commença par lui pincer cruellement les bras, les cuisses, les seins, puis, comme elle se tordait sur la fourrure, il la souleva en passant les mains sous son dos et entra en elle avant de la laisser retomber sur le sol, s'écrasant sur elle de tout son poids. Elle souffrait tellement, tant dans sa chair que dans son âme, que, toute fatigue oubliée, elle se mit à lutter sauvagement, griffant, mordant, gagnée par la sauvagerie de son agresseur.

Le grand chef poussa un ricanement.

– Œil de Ciel, beaucoup tempérament, railla-t-il.

Puis, sans que rien n'ait pu le laisser prévoir, il lui assena sur la tempe un violent coup de poing qui l'assomma à demi.

Quelques minutes plus tard, encore étourdie, elle se sentit repoussée et roula sur le sol. Elle rabattit sa jupe de daim et releva machinalement la tête. Au-dessus d'elle scintillait l'étoile Polaire. Singulière ironie, songea-t-elle. Et, dans le même instant, elle sut qu'elle chercherait de nouveau à s'évader. Jamais elle ne renoncerait.

Le lendemain matin, claudiquant le long de la piste qui serpentait à travers l'immense prairie, Sarah mûrissait son projet. Elle venait de comprendre que sa première erreur avait été de vouloir s'enfuir à pied. La prochaine fois, il lui faudrait utiliser l'un de ces poneys indiens si rapides et si dociles. De quelle manière s'en procurerait-elle un? C'était un problème qui serait à résoudre. Mais il devait y avoir un moyen.

– Vous mauvais, vous sauver, prononça une voix douce à son côté.

Sarah tourna vivement la tête.

– Tiens! C'est toi, Fleur de Prairie! (Et, avec un petit rire sarcastique :) Je ne suis donc plus une pestiférée aujourd'hui?

La jeune Indienne la considéra d'un air ahuri.

– Moi pas compris, balbutia-t-elle.

– Cela n'a aucune importance, répondit Sarah. Je suis bien heureuse que quelqu'un m'adresse la parole. Elle fit quelques pas en silence puis, emportée par son sentiment de révolte, elle poursuivit :

– Pourquoi « mauvais »? Pourquoi, moi pas essayer me sauver? Toi, Fleur de Prairie, avec ton peuple, chez toi! Moi esclave qu'on a achetée... qu'on a payée! Moi beaucoup malheureuse dans les mains de ton chef.

– Lui pas bon, dans la fourrure de nuit? questionna la jeune fille avec un humour qui n'était ni voulu ni de circonstance.

– Il n'existe que deux hommes... non trois, qui soient pires que Buffle Blanc! Tous hommes blancs et un déjà mort, poursuivit Sarah, au souvenir du Borgne.

D'ailleurs, Buffle Blanc n'était pas un ramasseur de fourrures ivre mort, lui. Il était fort, courageux et féroce comme le sont d'ordinaire les guerriers et plus précisément les chefs. En supposant que, par miracle, elle mette jamais la main sur un couteau, elle doutait fort qu'il lui laisse le temps de s'en servir. Et quand bien même elle réussirait à le tuer, les membres de la tribu jetteraient sa dépouille aux quatre vents de la vengeance, bien avant qu'elle ait esquissé un mouvement de fuite.

– ... Tu disais deux soleils passés, poursuivait Fleur de Prairie, tu disais la vie femme indienne mauvais. Mais chez Pawnee toujours comme ça!

– Prends courage, petite fille! murmura Sarah, en lui étreignant la main. Chez femmes blanches, pas beaucoup bon non plus!

Durant l'après-midi, Sarah s'approcha plusieurs fois, sans en avoir l'air, d'un poney brun et blanc, sur lequel elle avait fini par jeter son dévolu. Elle se sentait d'ailleurs surveillée avec moins de vigilance. Sans doute estimait-on que la vanité de son entreprise ne lui avait pas échappé; il n'était donc plus nécessaire de l'avoir sans cesse à l'œil.

A voix basse, elle murmura à l'oreille du poney les phrases qui lui venaient à l'esprit. Cet exercice n'avait d'autre but que d'accoutumer le petit cheval au son de sa voix. L'animal fit tout d'abord un écart puis, sans doute séduit par la douceur d'une voix et de sonorités auxquelles il n'était pas habitué, il reprit son allure habituelle. Heureuse du résultat obtenu, Sarah poussa son avantage, un peu plus tard, osant cette fois lui caresser la crinière.

Dans les jours qui suivirent, elle fut attentive à renouveler régulièrement ces contacts avec le poney. Au soir du quatrième jour, Buffle Blanc, qui menait le convoi selon son habitude, arrêta sa monture sur la crête d'une colline et leva une main. Un frémissement d'excitation parcourut les rangs des Indiens. Abandonnant chevaux et traîneaux, ils coururent rejoindre le grand chef. Sarah, un peu éberluée, suivit Fleur de Prairie jusqu'au sommet de la côte.

– Qu'est-ce... qui... se passe? demanda-t-elle hors d'haleine.

La jeune fille tendit le bras d'un geste à la fois souverain et satisfait.

– Buffles!

Sarah se tourna vers l'endroit qu'elle désignait et laissa échapper une exclamation de stupeur. A ses pieds s'étendait une vallée étroite au milieu de laquelle serpentait un cours d'eau et, sur la rive la plus éloignée, moutonnait une mer brune. Aussi loin qu'elle pouvait porter son regard, Sarah ne voyait que des buffles occupés à brouter paisiblement.

– Seigneur Tout-Puissant, je n'ai jamais rien vu de semblable! Il doit y en avoir au moins un millier?

– Moi pas savoir un millier, mais il y a beaucoup buffalos! (Et elle crut bon de préciser :) Si grand troupeau, Fleur de Prairie jamais vu!

Buffle Blanc avait pris la parole et haranguait son peuple.

– Ouah-ti-hes ti-kôt-it ti-ra-hah...

– Qu'a-t-il dit?

– Il dit. Demain Pawnee tuer buffalos! (Fleur de Prairie lui adressa un de ces regards effarouchés et malicieux dont Sarah savait maintenant deviner le sens.) Ce soir, Grand Chef Buffle

Blanc pas demander toi partager sa couche.

– Et pourquoi?

– Garder ses forces pour chasser buffalos. Toujours pareil quand partir sur sentier de la guerre. Des fois, un guerrier revient pas...

Spontanément, Sarah alla droit à sa conclusion :

– Dans ce cas, vive la chasse aux buffalos!

– Oh oui! mais soir suivant, différent!

– Pourquoi différent? interrogea Sarah inquiète.

La petite Indienne eut un rire léger comme un pépiement d'oiseau.

– Si Grand Chef tuer beaucoup buffalos, alors rester coucher avec toi toute la nuit.

Buffle Blanc donna l'ordre à sa tribu de dégager la crête. Tous retournèrent, qui à ses bagages, qui à ses chevaux, et le groupe reprit sa marche en direction du sud pour parcourir deux miles environ.

– Cette chasse au buffle, demain, dit Sarah en essayant de choisir les mots justes, c'est une chose importante, un événement... une grande période pour la tribu?

– Oui! C'est... comment tu dis... terrible, important pour Pawnee. (Elle battit des mains comme une petite fille heureuse.) Demain très occupé, beaucoup travail. Guerriers chassent buffalo tout le jour. Après femmes enlever la peau, découper la viande, faire cuire. Quand soleil couché, commence la fête. (Ses traits se figèrent dans une expression solennelle.) Sans buffle, Pawnee mourir. Habitude, avant chasse, danse du buffle... prier Grand Esprit A-ti-ud-ti-ra-wa pour guerriers tuer beaucoup. Aujourd'hui pas de temps. Buffalo déjà là et Pawnee besoin manger.

« Oui, se dit Sarah, et demain soir, quand ils auront le ventre plein, j'en profiterai pour leur fausser compagnie. »

Après avoir effectué un long détour, la caravane remonta vers la crête, la traversa et redescendit en direction du cours d'eau.

– Pawnee planter le tepee ici, expliqua Fleur de Prairie. Ici buffalo pas voir, pas sentir Pawnee.

Sans qu'aucun ordre ait été donné, chacun se mit à décharger les traîneaux après avoir dételé les poneys.

L'installation de la grande tente royale fut pour Sarah, dont on avait refusé les services avec dédain, un spectacle mémorable. La rapidité, l'habileté consommée avec laquelle ces femmes, sans l'aide d'aucun homme, dressèrent les trois piliers centraux, enfoncèrent dans le sol, à distances parfaitement égales les petits pieux du pourtour sur lesquels elles tendirent ensuite les peaux tannées, semblaient relever bien plus d'un atavisme ancestral que d'un apprentissage acquis au fil des années. En moins d'une demi-heure, le grand chef aurait pu, s'il l'avait désiré, réintégrer ses pénates.

Pourtant, ce qui préoccupait le plus Sarah était de savoir si elle pourrait atteindre le cours d'eau à l'insu de tous. Profitant de ce que ses gardiennes s'affairaient à parer la demeure du maître, elle se dirigea vers la rive. Si les propos de Fleur de Prairie se révélaient exacts et si lui était épargné, ce soir, l'honneur de réchauffer la couche du grand chef, merveilleuse serait la sensation de pureté que lui procurerait un bain dans l'eau claire. A bien observer autour d'elle, à mesure qu'elle s'éloignait, il lui semblait que la vigilance de la tribu se relâchait. Petits et grands vaquaient à leurs occupations sans se préoccuper d'elle. Les guerriers vérifiaient arcs et flèches et affûtaient la pointe de leur lance. Les femmes mettaient les tentes en ordre et préparaient les ustensiles qui seraient nécessaires au retour des chasseurs.

En fait, la facilité avec laquelle elle réussissait à se soustraire à la surveillance lui donna une soudaine envie de profiter de l'occasion... Non! La sagesse, l'espoir même de la réussite voulait qu'elle rejette toute improvisation – qui n'aurait pu que mal tourner. Il lui fallait rester fidèle au plan soigneusement élaboré qu'elle avait conçu au long de ses heures de marche. Un fourré touffu lui permit de se dévêtir à l'abri des regards indiscrets. Pour commencer, elle frotta son vêtement de peau ainsi que ses mocassins à l'aide du sable blanc de la rivière, dans l'espoir d'éliminer le maximum de poussière et de taches. Ensuite, elle entra dans l'eau. Le cours d'eau était si peu profond qu'elle dut s'allonger sur le dos pour s'immerger complètement. Ce bain improvisé et inattendu lui procurait une telle sensation de bonheur qu'elle se mit à fredonner, oublieuse de son destin, de ce qui l'entourait, de ce qui l'attendait. Un bref instant de plaisir, fragile comme tous les plaisirs. Et puis, elle se lava les cheveux. Au milieu de l'opération, elle devina une présence derrière elle. Elle interrompit sa tâche, le cœur battant, et tourna lentement la tête. Un guerrier, planté sur la rive, l'observait, les bras croisés sur la poitrine, le visage dénué d'expression. Sarah comprit qu'il était simplement l'envoyé de la communauté, inquiète sans doute de sa disparition. La jeune femme mit dans le regard qu'elle lui lança toute l'impertinence dont elle était capable et, par défi, elle n'esquissa pas un geste pour dissimuler sa nudité. Sur quoi, elle se retourna dédaigneusement et reprit sa toilette. Quand elle jeta un coup d'œil furtif quelques minutes plus tard, elle vit qu'il était reparti, aussi silencieusement qu'il était venu.

Sarah sortit de l'eau et s'allongea sur l'herbe afin de laisser le chaud soleil sécher son corps, comme il avait séché ses vêtements. Elle y était si bien qu'elle finit par s'endormir. La fraîcheur du soir la tira de son sommeil, frissonnante. Elle s'habilla rapidement et regagna d'un pas vif le campement où, du sommet de chaque tente, montait un filet de fumée bleue, mince et droit comme un I.

Buffle Blanc se reposait sur son trône et il n'accorda pas la moindre attention au retour de Sarah. Et cette fois, lorsqu'elle eut repris la place qui était devenue la sienne, le grand chef n'étendit pas la main pour lui caresser les cheveux, seul et unique signe d'affection qu'il lui eût jamais prodigué depuis qu'il l'avait achetée. Apparemment, il ne lui avait pas encore pardonné sa tentative de fuite. Dans ce cas, pensa-t-elle avec une jubilation intérieure, prépare-toi à une belle crise de fureur pour demain soir !

De toute la soirée, il ne prononça qu'une seule phrase à son intention :

– Demain, viande fraîche, buffalo. Œil de Ciel bien manger.

Dès que le sempiternel pemmican eut été avalé, les feux furent couverts et chacun se glissa dans sa couche, laissant Sarah en proie au doute. Bientôt, cependant, lui parvinrent les ronflements de Buffle Blanc. Ce soir, elle aurait vraiment la paix. Elle ne disposait d'aucune peau pour s'envelopper la nuit, mais c'était sans importance. Elle s'arrangea au mieux pour dormir. Un bon repos lui était nécessaire avant d'entreprendre sa seconde évasion qui devait, oui, qui devait être couronnée de succès.

Le lendemain, Sarah allait vivre une aventure inoubliable. Elle aurait, bien sûr, préféré rester au camp, mais on ne lui laissa pas le choix. Femmes, enfants, vieillards, la tribu entière participait à la chasse.

Un premier rang de guerriers, chevauchant les meilleurs chevaux, allait en tête, conduit par le grand chef Buffle Blanc reconnaissable, outre ses autres signes distinctifs, à son magnifique étalon.

A sa grande stupéfaction, Sarah constata que les guerriers partaient à la chasse entièrement nus sur leurs poneys. Aucun d'eux ne portait de fusil. Les habitudes de chasse se perpétuaient avec pour armes des arcs et des lances dont le manche était orné de plumes aux couleurs vives. Tous les petits chevaux avaient été mobilisés, mais, par bonheur, celui de Sarah, le poney blanc tacheté de marron, reçut la paisible mission de ramener au camp la viande et les peaux. Les femmes menaient par la bride cette seconde ligne, chaque bête étant attelée à un traîneau fabriqué à la hâte.

Le troupeau de buffles s'était légèrement déplacé depuis la veille. Ce matin, tous les animaux étaient encore couchés; les uns ruminaient, les autres se grattaient les cornes dans la terre jaunâtre avec des mouvements lents. Aucune de ces bêtes, pourtant sauvages, ne prêtait la moindre attention à la ligne de guerriers en armes qui s'avançaient vers eux. L'ordre de charger n'avait pas encore été donné. Parvenus à une certaine distance de la harde, les deux extrémités de la ligne de guerriers s'incurvèrent légèrement. Une manœuvre d'encerclement se préparait. Lorsque les chasseurs atteignirent les premiers animaux un peu à l'écart du groupe, ceux-ci se redressèrent, grattant le sol du sabot, et finirent par rejoindre le gros du troupeau pour donner l'alarme.

Ce fut l'instant que choisit Buffle Blanc pour lever le bras et crier :

– LOÜ A A H!

Les guerriers, alors, tambourinèrent les flancs des petits chevaux de leurs talons nus et se lancèrent à la charge, gesticulant et vociférant. Cette fois tous les animaux étaient debout, les mufles énormes encensaient, leurs flancs tressaillaient. Après un instant d'hésitation, le troupeau entier s'ébranla et s'élança dans la direction opposée à celle de l'agresseur.

Les chasseurs situés sur les flancs avaient déjà, et de loin, distancé l'avant-garde du troupeau, afin de pouvoir – ce fut tout de suite évident pour Sarah, fascinée par ce spectacle grandiose – rabattre les animaux de tête vers l'intérieur. C'est que, dans la formation d'un troupeau en déplacement, les vaches et leurs veaux se trouvent toujours en tête, les vieux mâles constituant une sorte d'arrière-garde. La viande la plus tendre étant toujours celle des plus jeunes, la manœuvre des guerriers pawnee apparaissait clairement. L'opération fut couronnée de succès. Les bêtes revinrent au galop, heurtant de front celles qui fuyaient, harcelées sur leurs arrières. Il s'ensuivit un effroyable tumulte ponctué de beuglements déchirants, tandis que les chasseurs, tournant autour du troupeau, galopaient à bride abattue, tirant de l'arc, ferrant de la lance jusqu'à ce que le tableau sanglant disparaisse dans un nuage de poussière. Les femmes et les enfants de la tribu, qui attendaient patiemment, donnèrent libre cours à leur joie dès que leur parvint l'odeur du sang chaud. Le tourbillon de poussière s'éloigna lentement vers l'ouest, poussé par le vent dévoilant le champ de bataille jonché de cadavres.

Une femme d'un certain âge donna le signal et toutes se précipitèrent sur les carcasses comme un vol de gerfauts. En premier, elles dépouillaient les animaux, entassant les peaux retournées face au soleil. C'était la première vague. Ensuite la seconde vague dépeçait, taillait, tranchait dans un nuage de mouches bourdonnantes et une odeur insoutenable. Sarah, qui se croyait pourtant endurcie, résistait difficilement à une terrible envie de vomir. Pourtant, elle comprenait la nécessité de ce carnage; en dépendaient l'existence quotidienne des Pawnee et la survie de la race. Ces gens ne tuaient que pour manger. Aussi, lasse d'aller de groupe en groupe, ignorée de tous, elle partit à la recherche de Fleur de Prairie qui accepterait peut-être son aide. Au loin, les guerriers bravant les cornes acérées, repoussant les mufles baveux et les têtes puissantes, s'enfonçaient hardiment au cœur de la mêlée, plongeaient leurs armes effilées dans le corps des bêtes, avec une efficacité surprenante. Cette tuerie gigantesque, dont on sentait qu'aucun détail n'avait varié depuis des temps immémoriaux, au fer de lance en métal près, reconstituait, sous les yeux de la jeune femme une fresque préhistorique telle qu'aucun Européen n'en pourrait probablement plus jamais admirer.

Fleur de Prairie travaillait, avec beaucoup

d'adresse, sur une carcasse de dimensions impressionnantes.

– Je peux faire quelque chose, pour t'aider? demanda Sarah en s'accroupissant auprès d'elle.

La petite Indienne, dont les bras nus disparaissaient sous une gangue de sang séché, leva vers son interlocutrice un sourire heureux.

– Toi charger traîneau, proposa-t-elle, en désignant le poney qui attendait patiemment en broutant. Je coupe... tu attaches la viande, pas tomber.

Comme il est naturel en pareil moment d'abondance, les femmes sélectionnaient les meilleurs morceaux et, à l'occasion, se régalaient d'une friandise, par exemple d'un bout d'intestin encore fumant. Sarah détournait les yeux et continuait d'accomplir son travail avec soin. Les quartiers de viande étaient solidement fixés sur le traîneau à l'aide de courroies de cuir. Les peaux étaient chargées directement sur le dos du poney.

L'abattage et le dépeçage se prolongèrent jusqu'à une heure avancée de l'après-midi. Sarah et Fleur de Prairie effectuèrent deux voyages au campement et retournèrent une troisième fois à l'aire de dépeçage, les bras ensanglantés et le visage barbouillé. La tuerie s'acheva avec la disparition des derniers retardataires. Le gros du troupeau s'éloignait à l'horizon dans un nuage de poussière que doraient les rayons du soleil déjà bas sur l'horizon. Aussi loin que s'étendait le regard, la prairie était jonchée de cadavres. Les guerriers revenaient au pas, isolément ou par deux. L'un d'eux s'arrêta auprès de Flour de Prairie, leva sa lance bien haut en lançant une exclamation gutturale en pawnee et repartit au petit trot en direction des tentes.

– Qu'a-t-il dit? questionna Sarah.

– Il dit, Buffle Blanc tuer plus les buffles que les guerriers chacun... plus beaucoup... comme ça, finit-elle par conclure. Elle leva ses deux mains sanglantes, doigts écartés, à hauteur de son visage.

– Lui tuer dix buffalos?

– Comme tu dis... « dix... »! Les autres guerriers, moins que lui. Pour ça Buffle Blanc Grand Chef et mari pour toi. Alors toi... comment tu dis... euh fière?

– Voyez-moi ça! s'exclama la jeune femme, en se détournant pour dissimuler sa colère.

Le souvenir lui revenait du jour où Sean avait tué sous ses yeux le premier chevreuil. C'était cette nuit-là que, pour la première fois, il était venu à elle... « Ah Sean! Mon bel aventurier, mon incorrigible chenapan, mon merveilleux amant... où es-tu? Me considères-tu comme perdue pour toujours? »

Deux semaines s'étaient écoulées depuis son enlèvement. Probablement avait-il conclu à une fuite de sa part, ou à une fugue, pour peu qu'il eût été informé de la présence de Jeb Hawkins à Saint Louis...

– Sa-rah? Quoi... toi pas bien?

Sarah leva un regard égaré sur la petite Indienne qui la considérait d'un air soucieux; pour la première fois, Fleur de Prairie venait de prononcer son prénom du bout des lèvres, comme si elle goûtait à une saveur étrangère, inconnue. La jeune femme s'aperçut alors que, tandis qu'elle rêvait, elle avait laissé tomber un quartier de viande dans la poussière.

– Rien de sérieux, Fleur de Prairie, répondit-elle pour la rassurer, tant cette sollicitude inattendue la touchait. Une simple crampe d'estomac.

– Estomac? Douleur ici? s'enquit la petite Indienne en se courbant en avant, les mains plaquées sur le ventre. Douleur femme. Fleur de Prairie sentir mal comme ça deux lunes avant aujourd'hui! (Son visage prit une expression rayonnante.) Vieilles de la tribu expliquer moi maintenant femme!

– Non, pas cela..., voulut corriger Sarah. (Puis, prenant conscience de l'inutilité d'une explication, elle approuva :) Oui, Fleur de Prairie, moi douleur femme.

Peu avant le coucher du soleil, les derniers traîneaux chargés de viande arrivèrent au campement. Le premier soin de Sarah fut d'aller repérer son poney blanc et marron, enfermé avec les autres dans le corral qu'avaient construit les Indiens. Il était installé à une certaine distance du village provisoire et cet éloignement constituait pour elle une garantie supplémentaire de réussite. Ensuite, elle courut au ruisseau laver le sang qui collait à sa peau.

Quand elle regagna le camp, deux feux gigantesques en occupaient le centre; autour d'eux formant cercle, les guerriers s'étaient assis sur leurs talons et se passaient des cruches de whisky.

Dès qu'elle eut la possibilité de lui parler seule à seule, Sarah demanda à Fleur de Prairie d'où venait le whisky.

– Marchands fourrures donné échanger alcool, expliqua la petite avec une grimace de désapprobation. Ce soir Pawnee malade la tête!

La nouvelle fit naître une pointe de regret dans l'esprit de Sarah. Si elle avait été là à l'arrivée des deux trappeurs, elle aurait pu les supplier de l'aider.

– Comment eux trouver la tribu? demanda-t-elle intriguée.

– Eux entendre cris... débandade... buffalos. Eux connaît Pawnee sur le sentier chasse.

La jeune femme se souvint d'une phrase de Sean : « Les ramasseurs de fourrures ont un sixième sens quasi infaillible pour repérer les guerriers qui rentrent de la chasse avides d'alcool. J'en ai été le témoin cent fois! »

Cependant, Sarah ne tarda pas à se consoler de l'occasion manquée en songeant que si les hommes venus aujourd'hui ressemblaient à Frenchie et à son compagnon, mieux valait encore tenter sa chance seule que de se mettre à la merci d'aussi horribles personnages. Les guerriers donnaient déjà des signes évidents d'ivresse. Buffle Blanc buvait beaucoup aussi, sans doute pour célébrer ses victoires. C'était là l'occasion rêvée pour la jeune femme de leur fausser compagnie!

Exceptionnellement, la préparation individuelle des repas avait fait place à un festin en commun, autour des deux énormes brasiers, et bien que les femmes n'eussent pas droit à l'alcool, l'atmosphère de fête et de folle gaieté s'étendait à la tribu tout entière. Les os à moelle étaient préparés sous la cendre et de savoureuses côtes et entrecôtes rôtissaient à la flamme. Les langues et une partie des intestins étaient dévorés crus, en guise de hors-d'œuvre, en attendant que le reste soit prêt. Sarah s'était assise auprès du grand chef, lequel ne lui prêtait aucune attention. En revanche, il partageait pleinement la joie de ses compagnons, plaisantant et riant à gorge déployée.

Lui, d'ordinaire si impassible, il se laissait emporter par l'euphorie de ses guerriers qui vidaient gobelet sur gobelet en relatant d'imaginaires prouesses et en rivalisant de fanfaronnades.

La viande fut dévorée avec une voracité qui témoignait de longs jours de privation. Sarah, pour sa part, engloutit le maximum de ce que pouvait tolérer son estomac, sachant qu'elle devrait sans doute galoper plusieurs jours sans pouvoir se ravitailler. Profitant de l'inattention générale, elle réussit à envelopper un morceau de viande dans un bout de peau et à le dissimuler, à côté de la bride qu'elle avait dérobée, à l'intérieur de la tente. Sitôt la ripaille achevée, quelques guerriers se traînèrent vers leur tente, d'un pas mal assuré, soutenus ou suivis de leur femme. Mais la plupart jugèrent préférable, et moins risqué, de s'endormir sur place, près des feux mourants, à côté de leur femme. Celles-ci succombèrent bientôt au sommeil à leur tour.

Buffle Blanc fut parmi les derniers à céder. Il se dressa inopinément sur ses jambes et agrippa Sarah par le bras.

– Viens!

Il gagna la tente royale d'une démarche un peu chancelante, sans lâcher le bras de la jeune femme, dont le seul réconfort fut de constater que ses trois ennemies dormaient déjà, vautrées à même le sol.

Le grand chef poussa sa victime sur le lit, se dévêtit non sans peine, et la prit avec fougue. L'alcool absorbé n'avait en rien affaibli sa virilité. Les combats de la journée l'avaient excité et il ne se lassait pas de jouir en elle. Avec un dernier râle de plaisir, il se laissa enfin tomber sur elle et s'endormit immédiatement sans avoir pris le temps de la jeter à bas de sa couche ainsi qu'il en avait l'habitude.

Sarah patienta quelques minutes, supportant stoïquement et le poids de ce corps et l'horrible odeur de sang de buffle dont il était encore imprégné. Ensuite, elle se dégagea lentement avec d'infinies précautions.

Recroquevillée sur le sol, Sarah lutta contre une irrésistible envie de dormir. Elle se sentait épuisée et repue. Cependant la raison lui ordonnait de résister : si elle succombait, elle ne se réveillerait que le lendemain. Elle demeura donc éveillée, allant même jusqu'à se pincer de temps à autre. Elle attendit deux bonnes heures, afin de s'assurer que le camp tout entier, bêtes et gens, était plongé dans un profond sommeil.

Puis Sarah reprit possession de la bride, du morceau de viande et rampa hors de la tente. Sous le ciel étoilé, les Indiens étaient profondément endormis. Dans l'enceinte du corral, chevaux et poneys avaient succombé à la fatigue, les uns debout, les autres couchés. Sarah se félicitait d'avoir choisi un animal blanc tacheté de fauve dont la robe tranchait dans la pénombre. Son poney était debout.

Elle se faufila jusqu'à lui, se glissant parmi les bêtes qui bronchèrent à peine. Passant un bras autour du cou de sa monture, Sarah lui murmura à l'oreille :

– Je suis désolée, Brunet. Je sais que tu es fatigué, mais cette nuit j'ai absolument besoin de toi.

Le petit animal la heurta furtivement à plusieurs reprises du naseau en signe d'amitié et se laissa passer docilement le licou. Elle le conduisit jusqu'à la porte du corral, souleva les deux poteaux de la barrière, fit sortir l'animal et referma doucement.

Mais elle ne le monta pas immédiatement. Elle reprit pour point de repère l'étoile Polaire, remerciant, au passage, la nuit d'être sans nuages, et se dirigea vers le sud, le poney à la bride. Elle ne se résolut à le monter que lorsqu'elle s'estima éloignée de deux miles, au moins, du campement. Et même alors, elle se contraignit à avancer au pas, tant était grande sa crainte d'éveiller l'attention des Pawnee dont elle savait la finesse d'ouïe. C'était la première fois qu'elle montait à cru. Rien, jusqu'ici, ne l'avait préparée à cet exercice, car même la mule de Sean était pourvue d'une selle. Son équilibre était si instable qu'elle se demanda ce qui se passerait si elle devait lancer sa monture au galop. Ne sachant trop quelle piste suivre, elle laissa la bride sur le cou au petit animal, se bornant à le retenir lorsqu'il cédait à sa fantaisie.

Au lever du jour, Sarah constata qu'ils continuaient à suivre le cours d'eau. De toute évidence, cette rivière allait se jeter dans le Missouri. Quand le soleil éclaira la plaine qui s'étendait derrière elle à l'infini, elle scruta l'horizon. Personne ne galopait vers elle. Elle laissa échapper un soupir de soulagement. Le poney s'était immobilisé, tête basse, vacillant de fatigue sur ses pattes.

Elle se laissa glisser à terre et le mena boire à la rivière tandis qu'agenouillée sur la rive elle se lavait les mains et le visage et se désaltérait avidement. Ensuite, elle conduisit la bête sous un arbre au pied duquel l'herbe poussait dru. Laissant l'animal paître à loisir et se reposer, elle s'adossa au tronc d'arbre en poussant un soupir de lassitude. Si la chance la favorisait, les Pawnee n'ouvriraient pas l'œil avant le milieu de la matinée. Elle ressentait un désir impérieux de repartir afin de mettre la plus grande distance possible entre elle et ses ennemis, mais la sagesse lui commandait de ne pas trop forcer le poney. Sans lui, son entreprise serait vouée à l'échec.

Elle-même dut lutter contre le sommeil. Quand elle jugea sa monture reposée, elle repartit au petit trot.

Lorsque la position du soleil lui indiqua le milieu du jour, elle s'arrêta de nouveau pour manger le morceau de viande cuite qu'elle avait emporté. Très souvent, au cours de cette matinée de chevauchée, elle s'était retournée afin d'inspecter l'horizon. Lequel restait vide de toute présence. Si bien que plus la journée s'avançait, plus elle reprenait courage. Sans doute avait-elle pris maintenant une avance suffisante pour décourager toute poursuite. Il était possible aussi que Buffle Blanc, dépité par son obstination, eût pris la décision de l'abandonner à elle-même.

Elle ne s'arrêta qu'à la nuit tombée, mit le cheval à paître et acheva la viande dont elle avait gardé une petite réserve pour le soir. Si l'estimation de Fleur de Prairie était juste, Sarah avait couvert un tiers de la distance qui la séparait du Missouri. Et elle se sentait prête à jeûner deux jours durant. Si grande était sa fatigue qu'elle dormit d'une seule traite, à même le sol poussiéreux, jusqu'au petit matin. Dès l'aube elle bondit sur son poney et repartit à bonne allure. Le paysage offrait une alternance de collines et de courtes vallées. Le soleil lui chauffait le visage et les mains. Tandis que, rassurée, elle se laissait aller à cheminer placidement au gré de sa monture, un bruit de galopade la tira brutalement de sa torpeur. Elle se retourna, sentant la peur l'envahir. A un mile environ, six Indiens galopaient vers elle à bride abattue. Sarah martela les flancs de son poney, dans une tentative désespérée pour distancer ses adversaires. Mais tandis que, d'un geste impulsif, elle empoignait la crinière du petit animal et se courbait sur son encolure, elle savait la partie déjà perdue.

Cette fois, lorsqu'elle fut jetée, telle une bête capturée, aux pieds du grand chef, il ne lui adressa pas la parole. Ecumant de fureur, il lança quelques mots rudes à la cantonade, ponctués de gestes énergiques. Deux guerriers s'approchèrent de Sarah, avec à la main des courroies de cuir. Avant qu'elle ait pu esquisser le moindre geste, ils lui saisirent les bras et lui lièrent les poignets derrière le dos. L'une des trois épouses légitimes approcha à son tour et, sans cacher sa satisfaction, tendit à Buffle Blanc un couteau à longue lame.

L'Indien s'agenouilla alors auprès de sa prisonnière, lui empoigna les cheveux et lui tira la tête en arrière. D'horribles images traversèrent l'esprit de la jeune femme, le souvenir d'un récit de Sean où il était question de prisonniers que les Indiens avaient scalpés vivants. Alors, folle de terreur, elle se débattit de toutes ses forces jusqu'à ce que, sur une nouvelle injonction du grand chef, les deux hommes se jettent sur elle, et la réduisent à l'immobilité. Sarah, résignée, vaincue, ferma les yeux, serra les dents, s'attendant à sentir, d'une seconde à l'autre, le fil de la lame sur la peau de son crâne. Rien ne se produisit. Si... une sensation de tiraillement à la racine des cheveux, et elle comprit qu'il était en train de couper à ras sa chevelure. Toute sa tension tomba et elle crut défaillir de soulagement. Quand Buffle Blanc eut achevé sa tâche, il ne restait à Sarah qu'un toupet de cheveux sur le sommet de la tête. Alors il se releva, brandit le couteau bien haut et le lança entre les pieds de sa victime où il s'enfonça dans le sol jusqu'à la garde.

– Œil de Ciel fini la femme favorite pour Buffle Blanc, prononça-t-il avec un souverain dédain. Maintenant elle voit ce qui arrive à folle squaw blanche.

On l'attacha à un tronc d'arbre proche et elle resta là toute la journée, exposée aux sarcasmes, tourmentée et humiliée. Les femmes l'accablaient d'injures, la pinçaient, tiraient sur son toupet de cheveux. Les gamins lui jetaient des pierres.

A chaque assaut, Sarah sursautait, se débattait, tentait d'esquiver les coups, mais, à la longue, épuisée, malade de dépit, elle finit par se résigner et renonça à bouger.

Si elle avait cru avoir touché là le fond de

l'humiliation, ses bourreaux se chargèrent de lui démontrer le contraire dès le lendemain matin.

A l'aube, la tribu entra en effervescence, les tentes furent démontées, les pare-flèches remplis et chargés sur les traîneaux. Personne ne s'approcha d'elle avant qu'ait été donné le signal du départ.

Buffle Blanc arriva enfin, suivi de son étalon. Il s'arrêta devant la favorite déchue, décrocha de la selle une lanière de cuir d'environ trois mètres à l'extrémité de laquelle il confectionna un nœud qu'il lui passa autour du cou. Il détacha ensuite Sarah de l'arbre, la fit avancer et lui lia les poignets dans le dos.

– Maintenant, femme blanche apprendre, déclara-t-il sans que bouge un muscle de son visage figé comme un masque. Femme blanche menée comme chien homme blanc. Femme blanche travailler comme esclave noir homme blanc.

Cela dit, il jeta l'extrémité de la lanière vers les trois femmes qui avaient observé la scène avec avidité, enveloppa Sarah d'un long regard où se lisait une inflexible férocité, et sauta en selle.

21

Sean Flanagan comprit dès le début que s'il ne rattrapait pas les ravisseurs de Sarah avant qu'ils l'aient vendue, sa tâche deviendrait presque insurmontable. Or, non seulement ils avaient au moins douze heures d'avance sur lui, mais, de plus, il ignorait la direction qu'ils avaient prise. Un seul élément lui était favorable. Il savait que deux tribus indiennes seulement étaient susceptibles d'acheter une esclave blanche : les Cheyennes et les Pawnee. Les autres tribus vivant dans la région de Saint Louis ne pratiquaient pas l'esclavage, même pas avec leurs prisonniers de guerre.

La plupart des Pawnee et des Cheyennes hantaient la prairie au nord et à l'ouest, et Sean avait le sentiment que Giles Brock éviterait de s'aventurer loin du Mississippi. Tout en aidant son ami à se préparer, Jacques Fortier lui avait expliqué que Giles Brock s'était fait une redoutable réputation de pilleur de radeaux et de péniches, en particulier entre Saint Louis et la Nouvelle-Orléans. C'était pour Sean l'espoir que le bandit, hors de son élément, commettrait quelque erreur. Fort de cette certitude, il partit en direction du nord. Il voyageait sans répit, ne s'arrêtant que tard dans la nuit et repartant dès l'aube, sitôt les chevaux reposés. Il prenait à peine le temps de dormir. Systématiquement il interrogea tous les marchands, tous les cavaliers qu'il croisa. Non, personne n'avait aperçu cette femme qu'il décrivait, encadrée de deux hommes. Il était tout à fait possible d'ailleurs que le trio n'eût pas pris cette direction ou que les deux forbans se fussent appliqués à éviter toute rencontre. Connaissant Sarah comme il la connaissait, Sean ne doutait pas qu'ils aient été contraints de la bâillonner.

A la fin du troisième jour de cette quête vaine, Sean crut perdre courage. Il comprenait qu'il ne réussirait plus à rattraper les bandits avant qu'ils aient pu vendre Sarah à la tribu de leur choix.

De terribles images assaillaient son esprit, celle, surtout, de Sarah entre les bras de quelque chef indien. Comment réagirait-elle? Le feu ardent qui coulait dans ses veines la conduirait aux pires insolences et Sean savait que l'Indien ne tolère pas la désobéissance chez une femme. Combien de temps survivrait-elle en pareille situation? Il fallait absolument la retrouver avant que ces sauvages aient le temps de briser son corps et son esprit... même si cela devait lui prendre une année entière ou plus encore. Il n'abandonnerait ses recherches qu'après avoir rendu visite à chacune des tribus indiennes de la prairie.

Il commença par explorer la partie nord du Missouri, à l'intérieur de la boucle formée par le fleuve, selon une ligne brisée. Il entra ainsi en contact avec chacun des chefs de tribu auxquels il demandait s'ils avaient aperçu une femme blanche, réduite en esclavage, ou s'ils en avaient entendu parler. Bien des renseignements lui furent communiqués, bien des histoires lui furent contées auxquels il ajoutait plus ou moins foi, connaissant le goût des Indiens pour l'affabulation, surtout lorsqu'ils ont l'occasion de tromper l'homme blanc. Néanmoins, il ne négligea aucune piste. Par ailleurs, la circonspection était de règle lorsqu'il entrait en contact avec une tribu cheyenne ou pawnee. Et sa tactique était alors toute différente : il profitait de l'hospitalité offerte pour examiner chaque détail du village ou du campement et observer chacun de ses habitants.

Cette quête zigzaguante le mena jusque dans l'ouest qu'il atteignit dans les poussières et la chaleur de l'été.

Dès la fin du printemps, les propos furtifs et les coups d'œil malicieux des guerriers firent comprendre à Sean que sa renommée l'avait précédé partout. Dans bien des villages, on le considérait désormais comme le Blanc-un-peu-fou-qui-cherche-une-esclave-blanche... d'une extrémité à l'autre de la Grande Prairie! Sean ne pouvait se retenir de sourire chaque fois qu'il imaginait ce qu'ils pouvaient penser de lui et de son comportement : « Pourquoi le chasseur blanc passer beaucoup de temps à traquer squaw blanche? Grand village beaucoup squaw blanches encore... » Rien de tout cela ne réussit à le décourager. En réalité, on aurait dit que sa détermination grandissait de ses échecs mêmes.

Vers la mi-octobre, il se trouva sur les premiers contreforts de la North Platte. Les feuilles se paraient de leur plus bel or et le fond de l'air était frais au petit matin. Il se voyait désormais contraint de s'arrêter plus souvent. Moins pour se ménager que pour assurer le repos des animaux que le dur régime auquel il les avait soumis avait amaigris et épuisés. Et, dès lors que la certitude d'une recherche qui se prolongerait durant l'hiver s'affirmait de jour en jour, il devait songer à la santé des bêtes autant qu'à la sienne. Il finit par découvrir une clairière, bordée par un ruisseau qui allait se jeter dans un petit lac. Malgré la saison, l'herbe y était encore drue, haute et verte. Sean y établit son camp. Il mit les chevaux à paître et partit chasser à pied. Ce soir-là, il dîna de deux cailles bien dodues.

Plusieurs jours durant, il ne se préoccupa de rien d'autre que de savourer son repos. La température avait brusquement remonté; Sean et ses bêtes profitaient à plein du soleil du bref été indien, sachant que tout cela serait bientôt fini.

Le poil luisant des chevaux lui signifia bientôt qu'ils étaient prêts à repartir pour une longue randonnée. Sean lui-même avait retrouvé la forme, il dut patienter encore le temps d'une dernière chasse, afin de se pourvoir en ravitaillement pour le trajet. Le dernier bruit recueilli faisait état, en effet, d'une tribu établie sur la rive de la rivière Platte, qui aurait une esclave blanche en sa possession. A un mile environ de son campement, marchant un peu en avant du cheval qu'il avait choisi d'emmener, il aperçut un petit troupeau d'antilopes en train de brouter. Il s'avança jusqu'à la lisière de la forêt et abattit une jeune bête en plein cœur. Le reste de la harde s'enfuit en désordre. Sean écorcha l'animal puis le dépeça, ne gardant que les meilleurs morceaux qu'il chargea sur le cheval. Il regagna son campement à pied. Peu avant le coucher du soleil, il disposa quelques tranches de viande sur une broche improvisée et attendit qu'elles rôtissent en fumant une pipe.

Un bruit de sabots le tira de sa songerie. Aussitôt il se releva, empoignant Katie, sortit à reculons du cercle de lumière dispensée par le feu. Deux cavaliers émergèrent au sommet de la petite crête à l'abri de laquelle il avait installé son camp; ombres chinoises plaquées sur l'or rougeoyant du soleil couchant qui dévalèrent dans sa direction. Ils menaient derrière eux deux animaux de bât, chargés de fourrures.

Le regard exercé de Sean identifia des Blancs, dont la visite ne devait pas représenter un danger particulier. Il reprit donc sa place auprès du feu, mais sans pour autant relâcher sa vigilance. Il prit appui, nonchalamment, sur son fusil et attendit.

Les deux étrangers firent halte à une dizaine de mètres, les mains levées et ouvertes pour bien montrer qu'ils ne tenaient aucune arme. C'étaient en effet des trafiquants de fourrures et probablement la pire espèce de canailles qu'on puisse imaginer, même si l'on refusait de se fier à leur apparence hirsute et dépenaillée, inévitable au bout de quelques mois passés à courir la Grande Prairie.

– Salut, étranger! dit le plus gros des deux. On a entendu un coup de fusil t'a l'heure et on s'est dit qu'y d'vait y avoir un Blanc dans les parages, hein!

Il grimaça une espèce de sourire en biais,

découvrant des dents régulières que la grisaille de la barbe faisait paraître plus blanches.

– Une antilope pour mon dîner, expliqua Sean, laconique. Si vous avez envie de partager... Je m'appelle Sean Flanagan.

– Très aimable, Sean Flanagan. Avec plaisir! (Il se laissa glisser à bas de sa monture.) Moi, je m'appelle Buck. Buck Ketichum et voici mon pote, Canniberry. C'est pas d' refus, ça fait des siècles qu'on n'a pas bouffé d' viande fraîche. On s' grouille pour rejoind' le Missouri avant les premières neiges.

Les deux hommes entravèrent chevaux et mules après avoir disposé les ballots de peaux de manière à ne pas les perdre de vue. Sean, pendant ce temps, préparait du thé.

Ketichum revint porteur d'une cruche contenant un alcool ambré à l'odeur puissante dont il versa une large rasade dans le bol que leur avait tendu Sean, à lui et à son compagnon.

– Tu veux un coup de tord-boyaux, demanda-t-il. C'est la dernière! (Il grimaça.) Raison de plus pour qu'on s' tire à la maison... on n'a pus de camelote à échanger!

Sean avait du mal à cacher son aversion : il détestait cette catégorie de mercantis qui contre des fourrures fournissaient aux Indiens un alcool de la pire qualité avec lequel ils les empoisonnaient littéralement. C'était pourtant monnaie courante à l'époque. Il secoua les épaules en tendant son bol.

– Une goulée, oui, ça fera passer l'antilope.

Ketichum le servit généreusement.

– Tiens! On boit à la montée des prix à Saint Louis! Ugh!

Il brandit son bol et ils burent tous ensemble.

Sean esquissa une grimace. L'alcool tuait l'arôme du thé et donnait à la boisson un goût fort et râpeux. Ketichum simula un sourire éclatant en faisant claquer sa langue.

– Ça c'est du vrai, bien costaud, pas vrai l'ami? Chaque fois qu'on en fait goûter une rasade aux Peaux-Rouges, ces connards s' précipitent pour nous fourguer toutes leurs peaux jusqu'à la dernière!

Sean se détourna pour retourner la viande qui prenait une belle couleur dorée. A mesure qu'il lampait, Buck Ketichum devenait de plus en plus loquace... et vulgaire. Il rapportait, avec un grand luxe de détails, la façon dont ils avaient roulé les Indiens et les squaws avec lesquelles ils avaient couché tout au long de cet interminable été. Son compagnon, un individu de haute taille, très maigre, le visage farouche, ne donnait que rarement son opinion et encore ne l'exprimait-il que par grognements.

Il ne fallut guère de temps à Sean pour regretter l'invitation lancée à l'étourdie. Les brigands se mirent à bouffer comme porcs dans leur auge, ce qui n'empêchait pas Ketichum de dévider des histoires, telles que Sean, pourtant accoutumé de longue date aux sordides propos des trappeurs, en ressentit un véritable écœurement.

A la fin du repas, il marmonna une excuse et se rendit au bord du lac afin de laver les gamelles et s'occuper des chevaux. Les visiteurs du soir ne bougèrent pas du feu. A peine Sean fut-il de retour que Ketichum reprit le fil de ses anecdotes, tandis que son interlocuteur s'installait auprès du feu et fumait sa pipe, laissant sa pensée s'évader. Et puis, dans le fatras bêtifiant de l'autre, quelques mots éveillèrent l'attention de Sean. Feignant un intérêt très relatif, il dit d'un ton négligent :

– S'cuse-moi, Buck, j'ai pas bien compris la dernière.

L'autre s'interrompit, éberlué.

– Quoi donc? Laquelle, mon pote?

– Tu disais que t'as fait un coup avec une tribu pawnee, y a pas longtemps?

– Ah ouais! (Ricanement amer.) La seule chose qu'y z'avaient à nous r'filer c'étaient des peaux d' buffles! Tu parles! Nous qu'on avait déjà...

– Non, pas ça. T'as parlé d'une femme tenue en laisse...

– Ah ouais! (Il laissa fuser un bref éclat de rire, ponctué d'une claque sonore sur sa cuisse.) La sacrée foutue plus drôle de chose que j'aie vue dans ma putain d' vie! J' te jure, ces bon Dieu d' Peaux-Rouges y savent les dresser les femelles!

Sean s'enquit avec douceur :

– Tu as dit que celle-là était blanche?

– On n'était pas tellement sûrs à cause de la saleté! Et pis sa figure et ses mains noires de fumée. Mais j' pense quand même que c'était vrai, pace qu'elle nous l'a dit et pis elle avait des yeux bleus, un peu comme les violettes de prairie. Son nom indien c'est Œil de Ciel! Non, mais tu t' rends compte?

Sean éprouvait les plus grandes difficultés à contenir son impatience. Sa longue et interminable quête toucherait-elle à son terme?

– Tu dis que tu lui as parlé?

– Pas tellement! Enfin, pressés comme on était de fout' le camp de c'te tribu, la v'là qui s' colle dans nos pattes et dégoise des trucs... qu'on devrait l'emmener avec nous... Non, mais, tu nous imagines en train d'embarquer la môme pardessus le marché et s' retrouver avec toute la bande de Pawnee au cul pour nous y tirer des flèches?

– Est-ce qu'elle t'a dit son nom... son nom de femme blanche?

– Mais non! Elle en a pas eu l' temps! Y avait un Indien à l'aut' bout d' la laisse et quand cet enfoiré a vu qu'elle nous parlait, l'a tiré un grand coup et elle est partie en arrière, cul pardessus tête, que j'ai bien cru qu'elle s'était cassé l' cou!

– Et cette tribu pawnee... tu connais le nom du chef?

– Buffle Blanc, il nous z'a dit.

Ketichum avala sa salive et posa sur son auditeur le regard intrigué de ses petits yeux noirs.

– Tu m'as l'air bien intéressé par mon histoire de femme blanche et de tribu pawnee, ami Flanagan!

Sean, avant de hasarder une réponse, réfléchit à toute vitesse. Ces tordus auraient-ils entendu parler de l'homme blanc qui courait la Grande Prairie à la recherche d'une femme blanche réduite en esclavage par une tribu indienne? Finalement, il répliqua d'un ton dégagé :

– Oh... ce n'est pas tellement la femme qui m'intéresse, mais Buffle Blanc, le chef. C'est celui que je veux retrouver parce que, figure-toi, je voyage comme vous avec mon lot d'alcool et, il y a une quinzaine, une tribu pawnee en embuscade m'a surpris et m'a tout piqué! (Il se força à un éclat de rire désabusé.) Ils m'ont volé mes bêtes de somme, fourrures, alcool et tout! Alors, tu dois comprendre que je les cherche!

Ketichum hocha la tête, sa curiosité satisfaite.

– Je m' demandais aussi ce que tu foutais là, tout seul, avec rien qu' deux ch'vaux et pas de fourrures, pas de marchandises, rien quoi... Seulement, dis voir... (Il lança à Sean un coup d'œil sournois.) T'as quand même pas l'intention de foutre en l'air toute une tribu d'Indiens à toi tout seul?

– Ben quoi? Ils m'ont volé, non?

– Mon pote... t'es cinglé! Tu ferais beaucoup mieux de r'partir à Saint Louis tout de suite avec le peu d' peaux que t'as et de plus t'occuper de cette bande d'Indiens.

– Je suis peut-être cinglé, seulement je suis têtu aussi!

Il gardait les yeux fixés sur la flamme dansante

du foyer. Par tous les saints, il tuerait de sa main l'homme qui avait osé faire cela!

Ketichum se racla la gorge, mal à son aise.

– Dis voir... t'espère tout de même pas que Canniberry et moi tu vas nous recruter pour aller foutre une peignée à tes Pawnee? Faut pas l'espérer, mon pote! On a apprécié ton accueil et ton antilope, mais on préfère se tailler en vitesse avant la neige!

– Non, non! Te fais donc pas de bile, c'est mon affaire! Et je m'en chargerai seul, expliqua Sean en agitant une main en geste d'apaisement. As-tu simplement une idée de la direction qu'ils ont prise, ton Buffle Blanc et sa bande?

– J'ai cru comprendre qu'ils allaient passer l'hiver au bord de la North Platte, du côté des collines du Serpent à sonnettes... Mais j' t'assure, mon pote, si tu veux mon avis, tu ferais mieux de laisser tomber!

Buck Ketichum vida son bol jusqu'à la dernière goutte, rejetant la tête en arrière d'un mouvement sec, et alla s'envelopper dans son sac à puces à côté de son compagnon, sans que ni l'un ni l'autre eût ajouté un mot, souhaité la bonne nuit. Sean, qui n'avait pas bougé, prit le temps d'achever sa pipe, cherchant l'inspiration dans le rougeoiement des braises du foyer. Le conseil de Ketichum était on ne peut plus sage. Il le savait. Quelle chance aurait-il, seul en face d'une tribu entière de Pawnee? Pourtant, il savait n'avoir pas d'autre choix. Si la femme blanche retenue prisonnière chez les Pawnee était bien

Sarah – et son être le plus intime lui criait qu'il s'agissait d'elle – comment pourrait-il l'abandonner à un pareil destin?

Il s'enveloppa dans son sac de couchage, le fusil à portée de main, et les deux pistolets chargés. Il dormit d'un sommeil léger, comme chaque fois qu'il hébergeait des étrangers, et s'éveilla immédiatement, dès qu'il entendit remuer les deux trafiquants. Il tourna doucement la tête afin d'épier leurs faits et gestes dans la lueur indécise de l'aube. Quand il les vit seller les chevaux, Sean eut un sursaut de rancœur. « Ces deux salopards vont disparaître sans me dire au revoir... comme si j'étais un pestiféré! » Mais ils ne semblaient pas se décider à monter en selle. Ils se parlaient à voix basse en regardant dans sa direction. Buck Ketichum étayait sa démonstration de gestes des mains. « Ma parole, ils complotent de m'assassiner dans mon sommeil afin de voler mes chevaux et mes quelques objets personnels, ces canailles! »

Il se dressa brusquement sur son séant, découvrant du même geste ses deux mains qui, comme par hasard, pointaient les pistolets dans leur direction.

– Bonjour, messieurs, dit-il d'un ton enjoué en leur adressant un beau sourire. Aviez-vous l'intention de partir comme ça? Sans me dire au revoir, ni grignoter un petit morceau?

Ce fut, bien entendu Ketichum qui prit la parole, sans pour autant quitter les armes du regard.

– Nous sommes très pressés, ami Flanagan. On voulait partir sans te réveiller!

– Eh bien, sachez que j'apprécie à sa juste valeur une aussi louable intention, monsieur Ketichum, rétorqua Sean d'un ton sec et ironique.

– Bon, alors, au revoir, mon pote... Et bonne chance!

Ketichum fit signe à son compagnon. Les deux fripouilles se mirent en selle et s'éloignèrent dans un grand bruit de sabots, suivis des animaux de bât.

Sean ne put retenir un joyeux éclat de rire. Il s'empressa de se lever, ranima le feu mais, à mesure que lui revenaient à l'esprit les révélations de la veille et la mission qui l'attendait, sa gaîté fit place à la gravité! Ce qui n'ôtait rien au caractère d'urgence de l'entreprise. Il prit une rapide collation, accompagnée d'un bol de thé, rassembla le peu d'objets qui constituaient son modeste bagage, sella les chevaux et s'éloigna au petit trot. Le trajet était long jusqu'aux collines du Serpent à sonnettes, deux hauteurs jumelles dominant la North Platte River à l'endroit de son confluent avec une petite rivière au cours rapide, venue du nord-ouest. Jamais Sean ne s'était enfoncé aussi profondément dans l'Ouest, mais il avait souvent écouté les récits de ceux qui connaissaient cette région. On la décrivait généralement comme l'un des plus beaux paysages de l'Ouest, dominé par la majesté des Rocheuses. Les collines du Serpent à sonnettes devaient leur nom aux serpents dangereux qui abondaient dans ce secteur. Selon toute vraisemblance, les Pawnee devaient avoir établi leur camp au confluent des deux rivières, là où ils pourraient trouver castors, chevreuils et canards à foison. En outre, les buffles fréquentaient volontiers cet abreuvoir toujours alimenté. Se livrant à des calculs dont l'élaboration rompait un peu la monotonie du trajet, Sean constatait que, parvenu au royaume des Serpents à sonnettes, il serait à neuf cent miles de Saint Louis. Et il s'étonnait de trouver des Pawnee à une telle distance ou, plus précisément, dans un secteur qui ne correspondait pas à leur habitat traditionnel. La difficulté essentielle résidait dans la traversée du Missouri.

Lorsqu'il eut pénétré en territoire pawnee, Sean redoubla de précautions, progressant le long de la North Platte River, plus sinueuse et bouillonnante en ces parages qu'en aval, et dont le nom venait, croyait-il savoir, du trappeur français qui, le premier, l'avait remontée jusqu'à sa source.

Quand Sean sentit qu'il devait être très proche de son objectif, ce qui, par instants, lui faisait battre le sang aux tempes, il attacha ses chevaux et poursuivit à pied. Chacun des trois villages pawnee qu'il identifia en quatre jours de reconnaissance était installé au bord de l'eau, au creux d'une petite vallée verdoyante. Et chaque fois, il passait de longues heures, couché à plat ventre, l'œil collé à la longue-vue qu'il avait eu la sagesse d'emporter, observant tout, scrupuleusement, sans rien négliger.

Malgré ses patientes observations, il n'avait aperçu Sarah dans aucun des trois campements. Il connaissait suffisamment les mœurs des Pawnee pour savoir que si la jeune femme était tombée en disgrâce, elle ne pouvait qu'exercer des tâches forcément viles – à l'extérieur des tentes. Il ne pouvait donc manquer de l'apercevoir. Aussi abandonnait-il chacun de ses postes de guet avec la certitude que Sarah n'était pas dans le camp dont il venait de surveiller les activités.

Le cinquième jour, il découvrit un village, plus petit que les précédents. Il était trop tard dans la soirée pour établir immédiatement son poste d'observation. Il s'en éloigna de trois miles pour passer la nuit, sans allumer de feu, par crainte d'éveiller l'attention. Au cours de son expédition, il avait à plusieurs reprises traversé des bourrasques où flottaient de légers flocons de neige. S'il réussissait à retrouver Sarah, et parvenait à la persuader de s'évader avec lui, ils devraient quitter la Grande Prairie avant que l'hiver ne s'abatte sur elle.

L'herbe pour les chevaux devenait plus rare et il avait commencé à les nourrir de l'écorce de certains arbres, comme le faisaient couramment les Indiens quand la pâture avait disparu. Au début, les animaux se détournèrent de cette nourriture nouvelle, mais, à la longue, la faim aidant, ils l'acceptèrent.

Le lendemain, à l'aube, Sean occupait un poste d'observation abrité par un buisson, au sommet d'une légère déclivité. Le village s'éveillait lentement au rythme des filets de fumée bleue qui montaient du toit des tentes, droits et raides dans le ciel froid.

Un guerrier sortit de son tepee, encore enveloppé dans sa peau de buffle, s'étirant et bâillant à n'en plus finir. Après quoi, s'éloignant à peine de la tente, il écarta un pan de la fourrure et se mit à uriner calmement, absorbé, eût-on dit, dans la contemplation de la buée qui s'élevait de la terre glacée. Un second Indien émergea de son abri et se livra à la même activité. Avec un grognement d'impatience, Sean balaya le campement de sa lorgnette et la mit au point sur la plus grande des tentes, celle qui s'élevait au centre du village et devait abriter le chef. Ce faisant, il adressa une prière muette au Ciel pour qu'aboutissent enfin ces mois de laborieuse recherche. Comme si cette invocation avait été entendue, les pans de l'entrée s'écartèrent, livrant passage à une silhouette qui, tête basse, traînant les pieds, s'avança, un bol à la main. Une silhouette féminine qui semblait être retenue par une sorte de laisse nouée autour du cou, dont l'extrémité disparaissait à l'intérieur de la tente. Sean régla fébrilement sa longue-vue pour essayer de rapprocher l'image. Sarah? Ou pas Sarah? Cette façon de traîner les pieds pour se déplacer, cette allure chancelante, résignée, le vêtement en loques, ces cheveux bruns si courts... Et ce visage, ces mains et ces bras si sales qu'ils en paraissaient noirs... Tout cela pouvait-il appartenir à la Sarah Moody qu'il avait connue, si pointilleuse sur le chapitre de la propreté?

Soudain, et sans cause apparente, la silhouette se redressa, rejeta les épaules en arrière, levant le visage vers les chauds rayons du soleil levant.

C'était bien Sarah! Par tous les saints du paradis, qu'avaient-ils donc fait d'elle, ces sauvages! Sean sentit sa gorge se serrer. Ce qu'il découvrait provoquait en lui une émotion où se mêlaient l'amour, la compassion et la pitié. Seule lueur d'espoir, l'attitude qu'elle venait de prendre, l'instant d'avant, montrait que brûlait encore en elle quelque chose de cet indomptable esprit d'indépendance et de fierté, qui était le sien.

Entre-temps, une femme indienne était sortie à son tour du tepee, tenant en main l'autre extrémité de la laisse; aussitôt, Sarah avait retrouvé machinalement son attitude de vaincue qui la recroquevillait, épaules affaissées, et lui faisait traîner les pieds. Elle vida le contenu du bol sur le sol et réintégra la tente, tête basse.

Sean ne réussit à s'empêcher de courir la rejoindre qu'au prix d'un extraordinaire effort de volonté. Et de réflexion, car il savait parfaitement qu'un geste aussi fou les aurait conduits tous deux au désastre. Il abandonna son poste d'observation et rejoignit les chevaux, à présent tourmenté par une unique question: quel moyen utiliser pour prendre contact avec Sarah et la sortir de cet enfer? En guise de monnaie d'échange, il ne disposait que de deux chevaux. Or, si le grand chef se laissait fléchir et acceptait les animaux contre l'esclave, comment pourraient-ils envisager de repartir à pied à travers l'hiver de l'interminable Prairie? En outre, il fallait compter avec l'orgueil des Indiens. Jamais ils ne permettraient à un Blanc de découvrir qu'ils n'avaient pas réussi à mater une esclave blanche. Selon toute vraisemblance, s'il s'aventurait à l'intérieur du camp afin de négocier l'échange de Sarah contre deux chevaux, le grand chef les ferait mettre à mort tous deux sans autre forme de procès.

A présent, il fallait imaginer un moyen astucieux de la faire sortir du village. Sean avait toutes raisons de croire que la tribu, établie pour l'hiver, ne bougerait plus de là jusqu'au dégel printanier. Il fallait donc s'armer de patience, surveiller le village avec vigilance et trouver une possibilité de fuir avec la prisonnière. Une seule chose l'intriguait au plus haut point : si Sarah était tombée en défaveur, pour quelle raison ne la tuaient-ils pas, puisque tel était, d'ordinaire, le rite? C'était un mystère. Mais il remercia la Providence de l'avoir conservée en vie, quels qu'en fussent les motifs.

Sarah attribuait sa survie à deux causes. En premier lieu, les Pawnee n'avaient pas réussi à briser sa vitalité, pas complètement en tout cas. Les épreuves endurées après sa seconde tentative d'évasion en auraient anéanti plus d'une et, à plusieurs reprises, elle avait failli céder à l'envie de se supprimer. Mais, chaque fois, une étincelle, une braise infime de courage l'avait toujours détournée du pire, la poussant au contraire à défier ses tortionnaires. Gestes de rébellion qui lui avaient valu bien des coups et bien des humiliations. Ainsi, on l'attachait dehors par tous les temps et, la dernière fois, elle était restée dehors toute la nuit, malgré la neige qui n'avait cessé de tomber. A l'issue de pareilles épreuves, Sarah apprenait à feindre de se plier à leur volonté, fût-ce pour exécuter les tâches les plus ingrates. En second lieu, une brève conversation avec Fleur de Prairie lui avait appris qu'elle n'était plus considérée que comme une paria. Buffle Blanc avait défendu à quiconque de lui adresser la parole, sauf pour lui donner un ordre. Seule Fleur de Prairie passait parfois outre à cette interdiction.

– Chef dire pas obtenu son prix... Œil de Ciel travailler pour payer prix fourrures données en échange. Grand Chef défend à femmes à lui tuer Œil de Ciel avant lui donner ordre.

Sarah avait tenté de convaincre la petite Indienne de l'aider à s'échapper une fois de plus, mais Fleur de Prairie avait trop peur pour sa vie.

– Chef White Buffalo tuer moi si moi aider Œil de Ciel fuir.

Livrée à ses seules ressources, elle s'y était essayée un jour, alors qu'ils venaient de lui passer la longe autour du cou. Croyant que la chance lui souriait, elle l'avait dénouée et s'était enfuie en courant de toutes ses forces. Ils l'avaient rattrapée à moins d'un mile de là. Cette fois, après avoir noué le licol de cuir frais, ils avaient versé d'innombrables cuveaux d'eau sur sa nuque afin que le nœud devînt aussi dur qu'une boucle de métal. Alors elle avait essayé d'abord avec un éclat de verre, ensuite avec un vieux tranchant de tomahawk, mais elle n'avait réussi qu'à se blesser à la gorge. Elle avait, en désespoir de cause, renoncé, redoutant de se trancher une artère. Néanmoins, une farouche détermination de survie et de fuite demeurait en elle.

Une seule humiliation, pourtant, lui avait été épargnée. Dès l'instant où Buffle Blanc eut annoncé son intention de ne plus l'accueillir dans sa couche, elle pensa qu'il offrirait son esclave successivement à tous les mâles de la tribu. Or, grande avait été sa surprise de se voir épargner cette ignominie. Elle en avait appris la raison par la suite. Son statut de paria la rendait du même coup tabou et le guerrier qui se serait risqué à briser le tabou aurait été puni avec la dernière sévérité.

Elle souffrait continuellement de la faim, contrainte qu'elle était de se contenter des restes laissés par les autres femmes du chef. Si l'on était satisfait de sa conduite, on la laissait dormir à l'intérieur de la tente, mais sans lui fournir la moindre peau. Elle avait pris l'habitude de se recroqueviller sur elle-même pour dormir à même le sol. Pourtant, la plus insupportable des privations avait été, dans les débuts, l'interdiction de se laver. Chaque fois que la tribu établissait le camp auprès d'une rivière, elle se précipitait dans l'eau, sans même prendre le temps de se dévêtir. Et, chaque fois, avec une cruauté calculée, on la laissait barboter quelques instants avant de la ramener de force en tirant sur sa longe.

A force de vexations, Sarah avait fini par prendre un autre parti. Elle avait tout simplement renoncé à se laver. Quand bien même l'occasion lui en était offerte, elle refusait. En peu de temps, elle devint si répugnante avec son visage couvert de poussière et de boue, ses mains et ses bras noirs de crasse, que certains Pawnee faisaient un détour pour éviter de passer auprès d'elle.

Quand elle évoquait les scènes qu'elle faisait à Sean parce qu'il refusait de se laver, elle ne pouvait retenir une sorte de fou rire, proche de l'hystérie.

« Ah Sean, si tu voyais ce que je suis devenue! » C'était un risque qu'elle ne courait guère! Qu'elle ne se tourmente pas pour cela... Depuis longtemps, elle avait renoncé à l'espoir de voir Sean venir à son secours. En revanche, elle était convaincue qu'un jour elle réussirait à s'évader par ses propres moyens. Bien que cet espoir s'amenuisât de semaine en semaine... Par un après-midi de temps couvert, alors que l'air sentait déjà la neige, un guerrier pawnee revint au camp en proie à une violente agitation et demanda à voir le grand chef. Sarah comprenait à présent suffisamment leur langage pour saisir les grandes lignes du message. Envoyé en reconnaissance, l'Indien avait découvert un petit troupeau de buffles distant d'une journée de galop.

La précédente chasse au buffle avait eu lieu trois semaines auparavant. Ils avaient abattu suffisamment de bétail pour constituer une réserve de pemmican qui durerait tout l'hiver. Néanmoins, Buffle Blanc tomba d'accord avec les guerriers réunis en conseil pour s'offrir encore une chasse avant les premières chutes de neige. Sur place, l'eau était abondante et la vallée, dont ils occupaient l'extrémité, se nichait au creux de hauts reliefs qui protégeraient efficacement leur campement contre les vents du nord. En conséquence, on ne lèverait pas le camp pour cette dernière chasse. Buffle Blanc décida que tous les guerriers partiraient à la chasse, à l'exception de quelques hommes chargés de la garde du village. Les femmes resteraient au camp. Les poneys suivraient, attelés aux traîneaux sur lesquels on ramènerait le produit de la chasse. Ils résolurent de se préparer et de partir aussitôt, pour arriver sur le terrain de chasse au lever du soleil.

D'une certaine manière, Sarah était contente d'être débarrassée des guerriers une nuit et une journée entières, bien qu'elle craignît que les femmes en profitent pour la tourmenter davantage. Pourtant, à sa grande surprise, elles la laissèrent en paix durant l'après-midi et la soirée sans rien exiger d'autre d'elle que les corvées les plus ingrates, comme à l'ordinaire. Elle se demanda si elles ne commençaient pas à se lasser de leur propre jeu.

En l'absence de Buffle Blanc, la tente royale paraissait presque paisible, cette nuit-là. Sarah était tellement accoutumée à ce que les trois mégères l'ignorent – dès l'instant qu'elles cessaient de la tourmenter – qu'elle en arrivait à douter de leur présence. Elle attendit qu'elles aient pour ainsi dire vidé la marmite de bouillon de buffle pour pouvoir y recueillir quelques restes. Ensuite, elle se roula en boule pour dormir. L'extrémité de la laisse nouée à son cou était enroulée au bras de l'une des femmes, de sorte qu'au moindre mouvement de Sarah, sa gardienne était tout de suite alertée.

Sarah fut éveillée avec une telle soudaineté qu'elle se serait mise à crier, si une main n'avait été posée sur sa bouche. Le foyer était mort, le tepee plongé dans le froid et l'obscurité la plus totale. Dans la même fraction de seconde, la jeune femme esquissa un mouvement pour se débattre et retomba inerte en entendant ces mots chuchotés à son oreille :

– C'est moi, petite, c'est Sean. Ne bouge pas, ne bouge surtout pas!

Les pensées de Sarah tourbillonnèrent, elle se demanda si elle rêvait. Elle demeura sans force, osant à peine respirer, les oreilles emplies par le battement de son cœur. Sean retira la main qui écrasait ses lèvres et tâtonna à la recherche de la longe. Sarah voulut l'avertir du danger mais, avant qu'elle ait eu le temps de souffler mot, il tranchait le cuir d'un geste précis et léger.

Il lui serra l'épaule pour la rassurer et, d'une pression des doigts, l'invita à le suivre. Elle se laissa rouler sur le ventre et, tous deux, côte à côte, gagnèrent en rampant le fond de la tente où il s'était ménagé une ouverture dans le mur de peau. A l'extérieur, ils rampèrent encore quelques mètres puis, d'un mouvement de l'épaule, Sean l'invita à se redresser. Sarah, qui avait réussi à reprendre ses esprits, murmura :

– Le Ciel soit loué, et toi aussi Sean!

Il l'attira à lui d'un geste irrésistible, plaqua son corps contre le sien, et elle ressentit au contact de ses lèvres chaudes sur les siennes une intense impression de plaisir et de bonheur.

– A présent, petite, murmura-t-il, débrouillons-nous pour sortir de ce guêpier... sans y laisser notre peau.

La lune était cachée derrière des bancs de nuages et l'obscurité était si profonde que Sarah voyait à peine où elle mettait le pied. Sean, qui devait avoir une vue de chat, lui saisit le poignet et l'entraîna à sa suite. Soudain, un chien aboya, une fois, deux fois, un jappement aigu. D'autres lui répondirent aussitôt.

Sean la poussa en avant avec vigueur.

– File tout droit, Sarah. Les chevaux sont au

sud, à une centaine de mètres du village, vite!

Il demeura légèrement en arrière, la laissant trouver son chemin en trébuchant dans le noir.

Ils arrivaient à la limite du campement quand retentit derrière Sarah un hurlement aigu. Sean grogna.

Sarah se retourna, s'arrêta, sidérée par le spectacle : une espèce de monstre, bossu, et qui oscillait d'avant en arrière. Il lui fallut quelques secondes pour comprendre qu'un Indien avait sauté sur les épaules de Sean et s'y maintenait, les jambes nouées autour de sa poitrine, en dépit des efforts de Sean pour le déloger. Le Peau-Rouge s'agrippait d'une main à ses cheveux, et brandissait de l'autre un tomahawk. Soudain, d'un mouvement plus violent que les autres, Sean bascula son adversaire qui roula au sol et bondit aussitôt sur ses pieds, en position de garde, le tomahawk au poing.

Mais Sean ne lui laissa pas le temps de l'utiliser. D'un bond, il fut sur lui et les deux hommes s'empoignèrent. Dans le ciel, à ce moment, les nuages se déchirèrent et la lune éclaira la scène qui, d'ailleurs, approchait de son dénouement. Le couteau de Sean, décrivant un arc de cercle étincelant dans la lumière froide, s'enfonçait dans le ventre du Pawnee qui poussa un cri d'agonie et s'effondra sur le sol. Sean reprit possession de son arme et courut vers Sarah. D'autres guerriers surgirent et s'élancèrent en ajustant une flèche à leur arc.

– Sean, attention! cria Sarah.

Il lui semblait l'avoir vu vaciller. Il poursuivit sa course en chancelant, curieusement tordu sur lui-même, puis il se redressa, arriva auprès d'elle et lui saisit la main.

– Espèce de femme plus entêtée que la pire des mules! Pourquoi n'as-tu pas rejoint les chevaux comme je te l'avais dit?

Tout en parlant, il l'entraînait dans une course folle, tandis que des flèches sifflaient au-dessus de leurs têtes.

Soudain, la lune disparut derrière les nuages et l'obscurité fut totale.

– Par tous les saints, je préfère ça, soupira Sean. (Il enserra son poignet et ralentit la course.) Les chevaux ne devraient pas être loin... Ah! les voici!

Il saisit Sarah sous les aisselles pour la hisser sur l'une des deux montures mais il interrompit son geste et la reposa sur le sol en marmonnant.

– Sean? s'enquit-elle effrayée, que se passe-t-il? Qu'est-ce qui ne va pas?

– Rien, ma chérie, rien. Tout va très bien, au contraire, surtout maintenant que je t'ai retrouvée.

Il l'empoigna de nouveau, par la taille, cette fois, et la jeta en selle.

– Ne poussons pas les chevaux. Laissons-les choisir leur chemin. Ce coin est plein de terriers et si l'une des bêtes tombe dans un trou et se casse une patte, nous sommes fichus. Les autres, là-bas, sont complètement désorganisés et il leur faudra un certain temps avant de se lancer à notre poursuite. Si nous partions au galop, il leur suffirait de coller l'oreille au sol pour déterminer la direction que nous avons prise. L'aube se lèvera dans deux heures, nous rattraperons le temps perdu à ce moment-là.

Quand ils se furent engagés vers le sud, Sean demanda :

– J'étais planqué ici, aux aguets depuis trois jours, à attendre une occasion favorable. Où sont donc partis le chef et ses guerriers, hier après-midi ?

– Chasser le buffle.

– Combien d'hommes sont-ils restés au camp ?

– Pas plus de sept ou huit.

– Ça devrait arranger nos affaires, je pense. Ils vont en lancer quatre à notre poursuite, les autres devant garder le camp et rendre compte au chef à son retour. Nos poursuivants laisseront une piste bien visible afin que la horde tout entière puisse nous rejoindre sans difficulté. C'est à ce moment-là que se déchaînera leur colère. A moins qu'entre-temps, nous ayons réussi à mettre suffisamment de distance entre eux et nous.

– Sean, comment as-tu fait pour me retrouver ? J'avais depuis longtemps perdu l'espoir de te revoir.

– C'est une longue histoire, petite, je te la raconterai quand nous serons plus tranquilles. (Elle retrouvait avec délices ce rire léger, caractéristique de son inaltérable humour.) Quant à renoncer, jamais pareille idée ne me serait venue.

– Sean, si tu voulais me faire un grand plaisir, tu couperais ce collier qui me serre le cou et qui me fait mal, avant que nous allions plus loin.

– Bien sûr, Sarah. Approche ton cheval.

Elle rangea sa monture contre la sienne et il inséra la lame de son couteau sous la lanière de cuir. Lorsqu'enfin le licol tomba, Sarah poussa un long soupir de soulagement.

– Tu garderas probablement une marque rouge pendant plusieurs semaines encore, dit-il.

– Ce ne sera pas bien terrible à supporter, maintenant que je me sens libre. Libre comme l'air.

– Si tu veux le rester, reprenons notre course.

Ils repartirent en silence. A intervalles réguliers, Sean immobilisait les chevaux pour tendre l'oreille. Sarah, qui somnolait sur sa selle, n'y prêtait guère attention.

Quand l'aube se leva, Sarah se réveilla et se tourna vers son compagnon. Ecrasé de fatigue, oscillant dangereusement au rythme du cheval, il ne réagissait plus. Elle attendit pourtant qu'il fît grand jour pour l'appeler.

– Sean!

Il sursauta, fixant sur elle un regard trouble. Puis, il la reconnut et sourit. D'un sourire qui lui parut forcé. Mais elle n'y attacha pas trop d'importance, il devait être exténué.

– Il fait déjà grand jour! dit-il enfin. Il se laissa glisser à bas de sa monture, s'agenouilla et colla son oreille contre le sol.

Sarah l'imita, puis s'étira aux premiers rayons du soleil et contourna sa monture pour rejoindre Sean.

– Je n'entends pas le moindre bruit de sabots, dit-il.

Il essaya de se relever, chancela et dut se retenir à l'étrier pour ne pas tomber. Il y prit appui pour se redresser et, dans le mouvement qu'il fit, tourna le dos à Sarah.

La jeune femme poussa une exclamation d'horreur en portant la main à sa bouche. La hampe d'une flèche enfoncée dans son épaule gauche dépassait de son vêtement.

– Mon Dieu, Sean, ton dos, dans ton épaule, il y a...

Il tourna vers elle un visage livide et ruisselant de sueur sur lequel il ne réussissait plus à plaquer le moindre sourire.

– Oui, Sarah... c'est quand ils nous ont attaqués, à la sortie du camp.

Instinctivement elle s'approcha de lui, esquissa le geste de le prendre dans ses bras.

– Pourquoi ne m'as-tu rien dit?

– Il fallait d'abord fuir, Sarah. Et puis qu'est-ce que cela aurait changé de t'en parler? (Il parvint cette fois à sourire.) A quoi bon t'inquiéter, petite?

– Mais enfin, tu ne peux pas rester comme ça!

– Nous allons continuer jusqu'à ce que nous trouvions un endroit qui nous offre un refuge.

– Es-tu encore en état de remonter à cheval?

– J'ai tenu le coup jusqu'ici, non?

– Et ce... cette flèche... Qu'allons-nous faire?

– Lorsque nous aurons trouvé un lieu sûr où nous installer, tu feras du feu et tu la retireras de la plaie.

Sarah sentit le sang refluer de ses joues.

– Seigneur Tout-Puissant, Sean! Je n'y arriverai jamais!

– Il faudra bien que vous y arriviez, miss Moody, que vous en ayez envie ou non. (Son visage aux traits tirés avait pris une teinte grisâtre.) Car si vous n'essayez pas, je suis un homme mort!

22

Ils chevauchèrent deux heures encore. Sean, dont le visage restait livide, dodelinait au rythme de la course, agrippé des deux mains à sa selle. Finalement, ils découvrirent le lieu qui convenait. Une sorte de dépression, assez semblable à l'empreinte d'un pied géant et suffisamment profonde pour les dissimuler tous deux ainsi que les chevaux. Le côté sud du refuge était délimité par un petit ruisseau bordé d'herbe verte, tandis qu'au nord s'entassaient des rochers plats qui rendaient le passage difficile. Or, c'était du nord que pouvaient surgir les Pawnee.

– Un fortin naturel, grogna Sean après avoir fait l'effort d'inspecter la position. Nous n'aurions pas pu trouver meilleur coin.

Sarah l'aida à descendre de sa monture et constata avec effroi que sa peau était froide et moite. Il se laissa glisser au sol et prit appui de l'épaule droite contre un rocher.

– Occupe-toi des bêtes d'abord, recommanda-t-il avec un geste vague de la main. Et puis, dans les fontes, tu trouveras une bouteille de rhum, un couteau effilé et un briquet à silex pour allumer le feu. Tu vas avoir besoin de tout cela, je le crains.

Sarah l'enveloppa dans une peau de buffle et se mit à ramasser du bois.

– Attention de ne pas allumer un feu trop puissant, petite! La fumée pourrait guider les Peaux-Rouges jusqu'à nous.

– Peut-être ont-ils renoncé à nous poursuivre? suggéra-t-elle d'un ton plein d'espoir.

– Je suis prêt à parier qu'ils ne se trouvent pas loin d'ici, répondit-il d'un air préoccupé. Ils n'encaisseront pas aussi facilement cette humiliation que je leur ai infligée en t'enlevant, au nez et à la barbe des gardiens, pour ainsi dire.

Quand le feu eut pris, Sarah mit une casserole d'eau à chauffer. En fouillant le sac de Sean, elle avait découvert un mince morceau de savon qui lui fit pousser un cri de joie. Elle se lava rapidement les mains et le visage. Seule la raison la retint de poursuivre et de se décrasser tout entière. Ce genre de plaisir pouvait attendre.

Sean, qui la regardait faire, murmura d'un ton compatissant :

– Ils t'ont mené la vie dure, n'est-ce pas, petite ?

– Ce n'était pas drôle tous les jours, il est vrai... Mais j'ai réussi à survivre.

– Ouais... tu as réussi ! Tu appartiens à la race de ceux qui survivent, miss Moody. C'est une faculté que j'ai décelée en toi tout de suite et qui m'a plu. La plupart des femmes n'auraient pas résisté aussi longtemps. Plus d'une se serait suicidée.

Sarah tourna vers lui le regard fiévreux de ses grands yeux violets.

– J'y ai pensé bien souvent.

– Mais tu ne l'as pas fait. Tu ne t'y serais jamais décidée. (Il bougea légèrement et poussa un grognement.) Je voudrais que tu me passes la bouteille de rhum pour que je puisse commencer à boire. J'ai l'impression que je vais en avoir besoin pendant que tu essaieras d'extraire la flèche.

– Sean, je... j'ai peur... de ne pas... y arriver.

– Tu y parviendras, chérie, j'en ai la certitude. De toute manière, tu n'as pas le choix. Ou bien tu enlèves ce putain de bout de bois de mon épaule, ou alors tu m'enterres ici.

Elle alla prendre la bouteille de rhum sans mot dire et la lui tendit d'un geste résolu. Sean but plusieurs gorgées, tandis qu'elle passait la lame du couteau à la flamme. Ensuite, elle l'aida à dégager son épaule.

– Maintenant, verse du rhum sur la plaie.

Sarah s'exécuta, nettoya le sang autour de la blessure et lui rendit le flacon. Toujours allongé sur le côté droit, il se remit à boire à petits coups.

– Je ne crois pas qu'elle soit enfoncée très profondément. Ce n'est pas le moment de jouer les délicates. Tu vas suivre la hampe de la pointe du couteau, jusqu'à ce que tu rencontres la tête. A ce moment-là, utilise la lame comme un levier et sors le tout. Que je crie, que je hurle ou que je t'implore, peu importe, bouche-toi les oreilles, petite, et continue. Il faut que ce soit fait.

Sarah, l'estomac noué, concentra toute son attention, sans se laisser impressionner par le sang qui s'était remis à couler. Sean ne poussa pas un cri, pas un grognement, mais à mesure qu'elle fouillait la plaie à la recherche de la pointe de flèche, elle sentait se durcir les muscles du dos. Soudain, l'extrémité de la lame heurta quelque chose de dur. Elle exerça alors un mouvement de levier tout en tirant doucement sur la hampe. La tête de la flèche bougea. Sean laissa échapper un cri rauque et sombra dans l'inconscience, face contre terre. Soulagée, Sarah adressa un remerciement muet au Ciel et se hâta de poursuivre, profitant de son insensibilité momentanée. Il lui fallut plusieurs minutes pour extraire la flèche. Une vilaine blessure ouverte marquait l'épaule de Sean. Elle trempa un morceau de chemise dans l'eau chaude pour laver la plaie. Après une brève hésitation, elle reprit la bouteille de rhum et versa l'alcool directement dans la blessure.

Les paupières de Sean palpitèrent. Elle posa la main contre sa joue. Son visage amaigri traduisait un épuisement profond. Il avait certainement traversé d'aussi rudes épreuves qu'elle-même, songea Sarah avec un élan de culpabilité mêlé à une immense tendresse.

Quand il ouvrit les yeux, son regard vacilla, flou comme celui d'un aveugle. Il esquissa un sourire.

– Tu l'as retirée?

– Je l'ai eue, fit-elle en repoussant du pied le morceau de flèche jeté hargneusement sur le sol.

En dépit de la fraîcheur de l'air, Sarah s'aperçut qu'elle transpirait abondamment. Elle essuya son front d'un revers de main.

– Tu es la plus habile des femmes, murmura-t-il, mais il te reste encore une tâche à accomplir. Chauffe la lame à nouveau et porte-la au rouge, cette fois.

Sarah posa sur lui un regard épouvanté.

– Pour quoi faire?

– Pour cautériser la blessure.

– Je ne comprends pas!

– Tu vas cautériser les lèvres de la plaie avec la lame rougie.

Sarah s'efforça de respirer profondément. Puisqu'elle avait réussi à faire le reste, elle s'acquitterait aussi de cette nouvelle tâche.

Sean répéta avec insistance :

– Il faut le faire, Sarah, en espérant que cela suffira pour arrêter l'infection... s'il n'est pas déjà trop tard. Je m'évanouirai probablement de nouveau et ainsi je ne sentirai pas grand-chose.

Il regarda sa compagne redresser le menton et s'accroupir devant le feu, d'un air résolu, le couteau bien affermi entre ses doigts. Il ressentit pour elle une vive admiration. Cette fille possédait une nature peu commune.

Elle revint au bout de quelques instants, tenant la lame rougie d'une main qui ne tremblait pas et se pencha, attentive, sur la blessure. Sean fut traversé par une douleur fulgurante telle qu'il n'en avait jamais connue. Il mordit sa lèvre inférieure de toutes ses forces pour s'empêcher de hurler et sombra dans une bienfaisante inconscience.

L'épouvantable odeur de chair brûlée qui se dégageait de la blessure souleva le cœur de Sarah. Elle serra les dents et poursuivit opiniâtrement sa tâche. Elle ne s'arrêta que lorsque la blessure fut entièrement cautérisée. Le sang avait cessé de couler.

Alors, elle lâcha le couteau, s'écarta de quelques pas en chancelant et se laissa tomber à genoux pour vomir, interminablement. Quand l'accès fut passé, elle appuya son front contre la paroi glacée du rocher et ferma les yeux.

Ce fut la voix de Sean qui la tira de sa torpeur.

– Sarah?

Elle bondit et alla s'agenouiller auprès de lui.

– Est-ce que tu souffres beaucoup, Sean?

– Ça fait très mal, mais je peux le supporter. Ça ira mieux tout à l'heure, j'en suis sûr. Regarde dans mon sac, il y a deux chemises propres, déchires-en une pour faire un pansement et un bandage. Les Indiens se servent de certaines feuilles ou de toiles d'araignée pour leurs pansements, mais toutes les feuilles sont mortes et je ne vois aucune toile d'araignée. Aussi devrons-nous faire avec ce que nous avons.

Sarah assujettit le bandage comme il le souhaitait. Ensuite elle l'aida à se rhabiller et proposa :

– Je crois que tu devrais essayer de dormir un peu, Sean.

– Oui, tu as raison. Mais ne me laisse pas dormir trop longtemps. Nous repartirons dès que je me sentirai mieux. Quant à toi, il faut que tu montes la garde, je suis désolé, petite. Si tu remarques quelque chose de bizarre, éveille-moi aussitôt. (Il lui tapota la main.) Je sais que tu dois être brisée de fatigue, mais si nous devons remonter à cheval, il faut que je prenne un peu de repos.

– Ne t'inquiète pas pour moi, dit-elle avec calme. J'ai appris à me contenter de peu de sommeil au cours de ces derniers mois.

Elle l'installa du mieux qu'elle put et demeura auprès de lui jusqu'à ce qu'il fût endormi. Le visage de Sean était moins pâle, ce qu'elle considéra comme un signe encourageant.

Elle trouva sur la crête du talus situé au nord

un endroit agréable et propice à l'observation. Ce qui ne l'empêcha pas de se surprendre à plusieurs reprises en train de s'endormir. La peur la tirait en sursaut de sa somnolence et tout aussitôt elle scrutait anxieusement l'horizon.

Deux heures plus tard, un petit nuage de poussière, au loin, lui fit plisser les paupières. Très vite elle distingua la silhouette de quatre cavaliers indiens qui se dirigeaient dans leur direction d'un trot assez lent. Tandis qu'elle les observait, l'un d'eux descendit de sa monture, examina le sol avec soin et remonta en selle. L'allure s'accéléra légèrement. Sarah dévala la pente et secoua doucement le blessé.

– Sean, réveille-toi, je t'en prie.

Il souleva les paupières avec difficulté, l'effleura d'un regard vide, puis se ressaisit :

– Ils arrivent ?

– Ils sont quatre.

– Quelle distance ?

– Difficile à estimer pour moi. Je dirais deux miles.

– Très bien, petite, fit-il d'un ton enjoué, nous serons prêts pour les recevoir ! (Il se mit debout en grimaçant. Il semblait cependant plus ferme sur ses jambes.) Va me chercher Katie, la corne à poudre et le sac de balles. Apporte aussi les deux pistolets qui se trouvent dans mes fontes. Tu me retrouveras là-haut.

Sarah s'empressa de rassembler les armes, les munitions et courut le rejoindre, le cœur battant. Sean avait pris position dans une échancrure de rocher pour observer l'ennemi. Il saisit le fusil, le chargea et l'amorça. Il fit de même avec les pistolets et les disposa sur le sol, à portée de sa main droite.

– Maintenant, Sarah, je vais les laisser approcher à portée de pistolet car, avec Katie, je ne puis tirer qu'un seul coup à la fois. Je me servirai donc des deux pistolets pendant que tu rechargeras le fusil. Crois-tu en être capable ?

– J'en suis certaine. Je t'ai suffisamment regardé faire quand nous étions à la chasse.

– Tu es vraiment une petite fille modèle, observa-t-il avec ce sourire désinvolte et ironique où elle le retrouvait tout entier. J'espère que ces satanés Peaux-Rouges pousseront assez près sans se douter de rien. (Il poussa un gémissement de douleur en changeant de position.) Une chance, pour nous, que cette bon Dieu de flèche soit entrée dans l'épaule gauche.

Sarah, consciente de ce qu'il devait endurer, essaya de l'aider, mais elle ne pouvait pas grand-chose pour lui. Sean avait pris position, le canon du fusil posé sur le sol, la crosse calée contre son épaule droite. Il avait tenté de maintenir le canon avec sa main gauche, mais la douleur l'avait contraint à renoncer. Il se demandait quelle précision atteindrait son tir, mais il ne voulait pas communiquer son inquiétude à sa compagne. Il préféra concentrer son attention sur le petit groupe. Les Indiens avaient ralenti l'allure et scrutaient les alentours comme s'ils flairaient quelque piège. Cependant, ils poursuivaient leur avance. Sean ajusta son arme sur le dernier qui caracolait un peu en arrière du peloton.

Sarah regardait les Pawnee avancer avec une appréhension croissante. Ils lui semblaient tout proches maintenant. Pourquoi Sean ne tirait-il pas? La détonation pulvérisa le silence au moment où Sarah commençait à désespérer. Elle vit l'Indien s'écrouler, rouler à bas de sa monture. Vif comme l'éclair, Sean lui tendit le fusil et saisit le premier des pistolets. Les doigts de la jeune femme s'activaient promptement et elle s'étonna d'avoir armé le fusil en si peu de temps. Tout à sa tâche, elle n'avait que vaguement perçu la déflagration des deux pistolets déchargés coup sur coup.

Elle tendit le fusil à Sean.

– Tiens!

– Je n'en ai plus besoin. Dieu était avec moi! expliqua-t-il en souriant. Regarde!

Sarah se glissa près de Sean. Trois formes gisaient sur le sol, à quelques dizaines de mètres. Le quatrième Pawnee avait tourné bride et s'éloignait au galop.

– Tu les as tués tous les trois?

– C'est un genre d'exercice auquel j'ai été dressé très tôt, vois-tu, petite. Je devais avoir quinze ou seize ans!

– Et l'autre... le survivant? Crois-tu qu'il reviendra?

– Oui, mais avec d'autres guerriers. Ils ne nous lâcheront pas.

– Mais pourquoi ne pas renoncer à nous poursuivre?

– Parce qu'ils sont terriblement tetus. Comme une certaine jeune femme de ma connaissance! Non, Sarah, ils ne renonceront pas de gaîté de cœur. Une femme blanche enlevée sous leur nez et trois guerriers tués sans combat, c'est un coup trop dur pour la fierté du chef. La nouvelle sera bientôt connue dans tous les tepees des alentours, et si Buffle Blanc renonce, il deviendra objet de risée. A présent, il faudrait peut-être songer à repartir.

– Maintenant? répéta Sarah effarée. Voyons, Sean, tu n'es pas en état de monter à cheval!

– En état ou pas, il le faut! Notre petit fortin est idéal pour tenir trois ou quatre Peaux-Rouges en échec, mais pas une tribu entière. Il nous faut mettre entre eux et nous la plus longue distance possible et prier le Ciel pour qu'un incident retarde le Grand Chef.

Il se mit debout avec un grognement douloureux, le teint gris et le visage couvert de sueur. Sarah posa la main sur son front.

– Mais, Sean, tu es brûlant de fièvre!

– Assez discuté, miss Moody! A cheval, je vous prie!

Sarah dut l'aider à se mettre en selle. En essayant de se tenir droit sur sa monture, il poussa un gémissement de douleur.

– Prends la courroie de cuir qui se trouve dans mon paquetage, Sarah, et attache-moi sur mon cheval.

La détermination farouche qu'elle lut sur son visage fit comprendre à Sarah qu'il était vain de discuter. Elle obéit, suivant ses instructions à la lettre.

Au moment où ils se mettaient en route, Sean scruta le ciel. De lourds nuages bas se déplaçaient rapidement d'est en ouest.

– Je sens venir la neige, dit-il en hochant la tête. Si la chance est de notre côté, la tempête se déchaînera avant la nuit et recouvrira nos traces.

Dès qu'ils furent sortis de leur cachette, Sarah se retourna pour examiner l'horizon. Très loin, à peine visible, se dessinait la silhouette d'un cavalier qui leur emboîta le pas dès qu'ils commencèrent à avancer.

– Cette canaille ne nous a pas lâchés, n'est-ce pas? murmura Sean.

– Non! Tu avais raison. Il nous suit.

– Tant qu'il est seul, nous n'avons rien à craindre. Il ne se risquera pas à nous attaquer. Il attendra des renforts.

En effet, le Pawnee solitaire les suivit à distance, faisant en sorte de ne pas les perdre de vue un seul instant. Deux heures plus tard, le ciel était devenu couleur de plomb, les nuages s'étaient encore alourdis. La prédiction de Sean ne tarda pas à se vérifier. Les premiers flocons de neige commencèrent à tomber en même temps que la température baissait sensiblement. Sarah enveloppa son compagnon dans une des peaux de buffle et utilisa l'autre pour se couvrir elle-même.

S'étant aperçue qu'il passait continuellement de la somnolence à l'agitation fiévreuse, elle s'efforçait de rester auprès de lui. Sans cesse revenaient les mêmes phrases, les mêmes cris :

– Sarah ! J'arrive, petite, j'arrive ! Je te retrouverai, je te l'ai dit. Je ne renoncerai jamais. (Et, soudain, la tête rejetée en arrière, il clamait à l'adresse du ciel :) Sarah ? Par tous les saints du paradis, où es-tu, où te caches-tu ?

Le visage baigné de larmes, Sarah lui serrait frénétiquement le bras.

– Je suis ici, Sean ! Je suis près de toi !

Il tournait alors la tête vers elle, la regardait d'un air égaré, puis, soudain, se ressaisissait.

– Sarah ? Ah ! Sarah, ma chérie. J'étais en train de faire un mauvais rêve. Je parcourais la prairie depuis tant d'années que ma barbe était devenue longue et grise et je n'avais toujours pas réussi à te retrouver... Le Pawnee nous suit toujours ?

Cette fois Sarah se retourna, plissa les yeux pour scruter l'horizon. La neige tombait dru et déjà recouvrait le sol d'une couche épaisse. On ne voyait pas au-delà de quelques centaines de mètres.

– Je ne sais pas, Sean, répondit-elle avec un geste d'impuissance. Je ne peux plus le voir.

– Eh bien, c'est parfait, petite. (Il saisit sa main entre les siennes.) Si nous ne pouvons plus le voir, lui non plus ne peut nous voir ! Et s'il demeure trop en arrière, la neige recouvrira nos traces. Alors, fais très attention et si tu l'aperçois, préviens-moi aussitôt.

– La tempête gagne en force, Sean, on va se perdre! Et où camperons-nous, la nuit venue?

– Je connais une grotte au sud, où je suis passé il y a quelques jours. J'y ai même laissé une réserve de bois. Elle est sèche, plus spacieuse que notre abri de l'hiver dernier et nous y attendrons la fin de la tempête avec les chevaux. Le Pawnee aura certainement perdu nos traces. Habituellement, la première neige de novembre fond en deux ou trois jours ici, nous pourrons alors reprendre notre route.

– Comment espères-tu retrouver l'emplacement de ta grotte par ce temps?

– Grâce à ceci, expliqua-t-il en sortant de sa poche une minuscule boussole qu'il manipula, sourcils froncés. Voici la route à suivre, Sarah, prends l'instrument et surveille la direction suivie par les bêtes. Avec cette fièvre qui me dévore, j'ai peur de manquer de vigilance. Peu avant d'arriver à la grotte, tu verras un ruisseau au bord duquel se dresse un immense peuplier. La grotte s'ouvre à flanc de colline à trente mètres à peine de l'arbre. Quand nous serons arrivés, essaie de me ranimer.

Ils poursuivirent leur route, Sean passant de la lucidité à l'inconscience avec une espèce de régularité qui déchirait le cœur de Sarah. Elle avait réuni les rênes des deux montures dans sa main et les laissait progresser à leur convenance, se bornant à rectifier de temps en temps leur direction en se référant à la boussole. Il faisait maintenant complètement nuit et le ciel était si sombre que la neige elle-même semblait grise. Elle tombait sans discontinuer. Après ce qui lui parut être des heures de chevauchée, Sarah s'éveilla d'une brève somnolence. Le froid ne s'était pas intensifié mais la nuit pouvait apporter ce qu'elle redoutait le plus : le gel.

Un arrêt brusque des chevaux la tira définitivement de son sommeil. Elle eut beau marteler les flancs de sa monture, l'animal ne bougea pas d'un pouce. En même temps, lui parvenait un bruit familier, qu'elle n'identifia pas immédiatement. Finalement, à force de tendre l'oreille, elle comprit que les bêtes étaient en train de boire.

– Sean ! s'exclama-t-elle. Je crois que nous sommes arrivés ! Ce doit être le ruisseau dont tu m'as parlé.

Ne recevant aucune réponse elle avança la main pour toucher le visage de son compagnon. Sa tête dodelinait sur ses épaules et il marmonnait des syllabes incohérentes.

Que faire à présent ? Sarah s'efforça de percer l'obscurité mais, en aval comme en amont, elle ne distinguait que quelques mètres de rivage. Où pouvait se trouver l'arbre ? Elle redoutait de s'éloigner des chevaux, sachant que, dans une telle obscurité, elle risquait de se perdre très vite. Finalement elle décida de les emmener à sa suite. Elle se laissa glisser sur le sol et, les rênes toujours réunies dans une seule main, les conduisit de l'autre côté du ruisseau, sans se préoccuper de l'eau glacée qui montait jusqu'à ses chevilles. Elle remonta alors la rive droite qui lui semblait correspondre à la description de Sean, jusqu'au moment où elle faillit heurter de la tête un tronc épais. L'arbre dont il avait parlé! Elle scruta les ténèbres, essayant de trouver l'entrée de la grotte, redoutant d'abandonner ses deux seuls points de repère : le ruisseau et le peuplier. Juste en face d'elle, un peu sur la droite, se dessinait une zone plus noire, plus opaque encore. Elle prit une inspiration, comme quelqu'un qui va plonger, et s'avança. Les animaux suivirent sans réticence. Peut-être flairaient-ils un abri à peu de distance? Le sol s'élevait en pente assez raide et la neige molle glissait sous ses pas. Elle trébucha, mais sans lâcher les guides. Plus loin, elle s'empêtra dans un fourré d'arbustes. Laissant faire les chevaux, elle le contourna et puis, tout à coup, le relent caractéristique d'une ouverture dans la roche lui révéla qu'elle était arrivée au seuil de la grotte. Les bêtes le franchirent sans difficulté. Il y faisait encore plus sombre qu'à l'extérieur mais, au moins, l'orientation de l'ouverture les mettait-elle à l'abri du vent et des tourbillons de neige. Sarah abandonna les rênes et s'avança avec précaution, tâtant le sol du pied. Quand elle rencontra le tas de bois préparé par Sean, à son dernier passage, elle s'agenouilla et rassembla brindilles et branchettes cassées. Elle prit ensuite le briquet à silex dans le paquetage de Sean et battit la pierre de ses doigts gourds. A la troisième étincelle, elle fit choir le briquet et l'entendit rouler sur le sol de la caverne. Affolée, elle se jeta littéralement à plat ventre afin d'explorer le terrain centimètre par centimètre. Elle finit par le retrouver.

Dès que le feu eut pris, elle retourna auprès de son compagnon. Sean releva la tête, tandis qu'elle le détachait et l'aidait à descendre de sa monture. Debout, il attendit, muet, vacillant légèrement, qu'elle ait rassemblé les deux peaux de buffle. Elle le conduisit auprès du feu. Il tremblait violemment. Sarah creusa légèrement le sable doux qui couvrait le sol autour du foyer. Elle y étendit une des peaux, aida le blessé à s'allonger et le recouvrit avec l'autre.

Elle-même grelottait dans ses mocassins trempés, mais elle préféra s'occuper d'abord des chevaux et les desseller. Puis, Sarah remplit de neige une gamelle qu'elle plaça sur les braises rouges. Dès que l'eau fut chaude, elle prépara du thé et, pendant qu'il infusait, elle se massa les pieds afin d'y rétablir la circulation. Par bonheur la grotte se réchauffait très vite. Il y régna bientôt une douce chaleur. De temps à autre, un tourbillon de vent glacé venait s'engouffrer dans l'entrée mais ce n'était là qu'un inconvénient mineur.

Sean grogna, gémit, essayant de se retourner dans son sommeil fiévreux. Au prix d'immenses efforts, Sarah défit sa veste et sa chemise afin de dégager le pansement. La blessure saignait de nouveau. La jeune femme s'agenouilla auprès de Sean, en proie au désespoir. Que pouvait-elle faire ? Cette plaie appelait les soins d'un médecin, mais il n'en existait pas un à des centaines de miles à la ronde. La tempête et l'obscurité qui régnaient à l'extérieur lui interdisaient de chercher des herbes médicinales; d'ailleurs, elle les connaissait mal. Se rappelant les propos de Sean au sujet des toiles d'araignée, elle explora les murs de la grotte et réussit à en rassembler une poignée dont elle fit un nouveau pansement. Après quoi, elle remit le bandage en place.

Comme elle achevait, le blessé murmura son nom :

– Sarah?

– Oui, mon chéri?

Il l'examinait d'un regard qui avait retrouvé toute sa lucidité.

– Avons-nous réussi à rejoindre la grotte?

– Oui, Sean, je l'ai trouvée! J'ai allumé du feu, regarde! Et j'ai préparé du thé...

Elle lui en versa une tasse et lui tint la tête pour lui permettre de boire. Il parut reprendre des forces et demanda d'une voix plus ferme :

– Les chevaux?

– Ils sont ici, avec nous, au fond de la caverne.

Sean parut réfléchir un instant.

– Te rends-tu compte, petite, à quel point tu as changé? Rappelle-toi ta comédie lorsque j'ai parlé d'abriter les mules dans notre cabane, l'hiver dernier... Tu fronçais ton joli nez et tu me soutenais que jamais tu ne supporterais une chose pareille...

Elle sourit tendrement en dégageant son front des mèches humides qui s'y plaquaient.

– Les circonstances sont très différentes, Sean.

– C'est bien vrai, Sarah, admit-il en soupirant. N'oublie pas, si nous devons rester enfermés ici un certain temps, de gratter la neige pour que les bêtes aient de l'herbe. Sinon elles dépériraient. Tu en trouveras surtout au bord de la crique. C'est ainsi que survivent les buffles, ils creusent parfois très profond dans la neige avec leurs grosses cornes et, si le froid persiste, ils rongent l'écorce de certains arbres...

Sarah lut dans son regard voilé qu'il sombrait lentement dans le délire. Il fut pris d'un accès de toux sèche qui lui arracha des gémissements. Elle prit doucement sa tête entre ses paumes.

– Sean... qu'est-ce qui ne va pas? chuchota-t-elle.

Les prunelles du blessé s'éclaircirent.

– Je crois que je réussirai à m'en tirer. Il ne reste plus de rhum?

– Non, nous avons tout utilisé. Mais je t'ai confectionné un bon pansement de toiles d'araignée.

Un sourire heureux plissa ses lèvres craquelées par la fièvre.

– Tu es vraiment très gentille... aux petits soins pour moi...

– J'ai trouvé un bout de viande dans ton paquetage, elle est un peu desséchée, mais si je la mettais à bouillir sur le feu, je devrais pouvoir obtenir une sorte de bouillon qui te ferait du bien...

– Je n'ai pas faim, mais je suppose que tu as raison, admit-il en se laissant retomber sur le dos, épuisé.

Bien qu'il gardât les yeux fermés, il suivait sans difficulté les mouvements de Sarah. Aucun bruit, si léger fût-il, n'échappait à son oreille...

Le bouillon qu'elle prépara faillit lui donner la nausée tant l'odeur et le goût étaient peu engageants. Pourtant le breuvage parut faire du bien à Sean. Quand il eut fini, il demanda :

– Mets quelque chose sous ma tête afin que je puisse te voir. Je suis trop affaibli pour garder le cou tendu.

Sarah traîna l'une des deux selles jusqu'à lui et l'installa comme un oreiller à l'aide de la peau de buffle qui lui servait de couche. Elle posa l'autre peau sur lui.

– Es-tu bien installé ? As-tu assez chaud ? s'enquit-elle.

– Aussi bien qu'on peut l'être dans de pareilles conditions, répondit-il sur un ton railleur qu'elle fut heureuse de retrouver.

Il ne baissa les paupières qu'à demi. Son regard ne la quittait pas. Il savourait le plaisir de l'observer après une si longue séparation. Tout en mâchonnant un morceau de viande plus dur que les autres, Sarah réapprovisionnait le feu. Puis, au prix d'innombrables allées et venues, elle emplit de neige la marmite et la posa sur les braises. Elle tourna la tête dans sa direction.

– Sean ?

Il ne répondit pas, pressentant ce qui allait

suivre. En effet, s'étant assurée de la température de l'eau, Sarah se débarrassa de son vêtement crasseux et se mit entièrement nue devant le foyer qui pétillait joyeusement. Sean sentit son pouls s'accélérer à la vue de ce corps qu'il n'avait pas contemplé depuis si longtemps. Bien qu'elle eût maigri durant ces mois de privations, elle rayonnait encore d'une beauté à couper le souffle. S'aidant du morceau de savon déniché dans la sacoche et d'un lambeau de chemise, elle entreprit de se laver, avec une méticulosité presque maniaque.

Cette toilette achevée, elle apparut rose, fraîche, splendide et, tandis qu'il la regardait tourner lentement devant les flammes pour se sécher, il sentit une merveilleuse excitation prendre possession de lui.

Elle regarda une nouvelle fois dans sa direction avant de s'approcher des chevaux. Sean devina qu'elle allait prendre son costume de rechange afin de s'en vêtir. Il l'arrêta d'une voix rauque.

– Non, chérie!

Sarah sursauta.

– Je croyais que tu dormais! lança-t-elle sur un ton de reproche. Et pendant tout ce temps tu m'as espionnée?

– Exactement, petite, un spectacle formidable! Viens ici!

Sarah s'approcha d'un pas hésitant.

– Sean... crois-tu que ce soit raisonnable? Dans l'état où tu es?

– Mais... je suis en excellent état, comme tu ne vas pas tarder à t'en rendre compte. Ça fait très longtemps, Sarah!

– Oh! oui, Sean. Cela fait très très longtemps! répondit-elle d'une petite voix.

Tout en parlant, elle s'était agenouillée près de lui et lui caressait le visage. Elle s'étendit à son côté avec des gestes gauches, comme gênée.

– Sean... je ne me sens pas... propre. Après tout ce qui est arrivé. Tu ne peux pas savoir...

– Mais si, je sais... et nous n'en parlerons jamais... jamais tu m'entends, dit-il d'un ton rude. Pour moi, tu es toujours aussi douce et aussi pure que le jour où mon regard s'est posé sur toi pour la première fois.

Il se tourna sur le côté droit pour la dévisager, réprimant une grimace de douleur, et l'embrassa. Sarah sourit et lui rendit son baiser en entrouvrant les lèvres. De sa main restée libre, il caressait la tête de la jeune femme.

– Tes pauvres cheveux... qui étaient si longs, si soyeux, si beaux. Je crois que c'est le pire de tous leurs crimes.

Il descendit le long de son flanc avec une extrême douceur et puis, brusquement, il voulut déboucler son vêtement.

– Non, laisse-moi faire, Sean.

Elle le déshabilla avec des gestes délicats et tendres, puis, soudain poussa une exclamation :

– Oh! mais tu es, en effet, en... excellent état, mon chéri!

Une fois dévêtu, il tenta de se relever, sans y parvenir. Sarah le repoussa gentiment.

– Non, Sean, reste allongé!

Comme il faisait mine de s'entêter, en dépit de la douleur qui lui lacérait l'épaule et le dos, Sarah l'enjamba et lui imposa le poids de son corps avec fermeté.

– Ah, chérie! Comme cela m'a manqué, gémit-il, tandis qu'il s'introduisait en elle.

Puis il se tut, emporté par un déferlement de passion et de bonheur.

Sarah, qui d'abord n'avait voulu que répondre au désir de son compagnon, se trouva bien vite emportée, elle aussi, par une puissante vague de plaisir. Sean n'esquissa de mouvement qu'au tout dernier moment : il souleva les hanches pour aller au-devant de sa jouissance, de cette jouissance mutuelle où ils s'engloutirent ensemble.

Un peu plus tard, elle se dégagea doucement pour s'allonger auprès de lui. Sean lui caressa de nouveau les cheveux.

– Vois-tu, chérie, j'ai bien l'impression de t'aimer. En fait, je suis tombé amoureux de toi dès le premier regard, alors que tu étais étendue au pied de ce bouquet d'arbustes, près de la Nouvelle-Orléans. Si je n'avais pas réussi à te retrouver, je serais sans doute mort de chagrin.

– Mon chéri! murmura-t-elle en redressant la tête pour poser un baiser délicat sur sa bouche.

Comme elle s'était trompée sur lui en croyant qu'il était incapable d'aimer, de s'attacher à une femme!

Déjà le mal qui rongeait Sean avait repris possession de son esprit et de son corps; son visage, au teint terreux, était redevenu sans expression et la sueur ruisselait de son front.

Longtemps, Sarah demeura étendue auprès de lui, le regard perdu dans la clarté dansante du feu. Un étrange pressentiment lui disait qu'il allait mourir. Son état était d'une extrême gravité et la perspective de demeurer impuissante à côté de lui, à le regarder lutter contre la souffrance, contre la mort, lui paraissait insupportable. Lui, à qui elle devait tant, à qui elle devait tout! Elle aurait tant voulu pouvoir lui manifester sa gratitude.

Le temps passant, le feu s'éteignit et sombra au creux des braises rougeoyantes. Le froid la gagna. Alors elle arrangea la fourrure autour de lui et alla remettre du bois.

23

La tempête de neige fit rage durant les deux nuits suivantes et encore un jour entier. L'état de Sean allait s'aggravant. Il délirait presque sans cesse. Chaque fois qu'elle refaisait son pansement, Sarah constatait une dégradation de la blessure.

Le sentiment de son inutilité la déchirait. Rien! Il n'y avait absolument rien qu'elle pût tenter pour le soulager. Elle s'efforçait de s'occuper, ne s'accordant que de brèves pauses. Quand elle vit diminuer la réserve de bois, elle s'aventura, stoï que, dans la tempête, rapportant, brassée après brassée, tout le bois mort qu'elle réussit à trouver.

Suivant les conseils de Sean, elle alla à plusieurs reprises gratter la neige, au bord de la crique, et rapporta aux bêtes des brassées d'herbe encore verte.

Vers le milieu de la seconde nuit, Sean se mit à parler d'une voix sourde, pendant qu'elle changeait son pansement. Habituée comme elle l'était aux discours incohérents de Sean, elle ne prêtait guère attention à ses propos. Or, ce fut d'une voix soudain claire qu'il demanda :

– Ça va mal, petite?

Elle sursauta et plongea son regard dans le sien. Sean paraissait lucide. Lentement, elle hocha la tête.

– Ça va mal, Sean... (Et puis, cédant à ce désespoir qui l'obsédait, elle cria :) Je me sens tellement inutile... incapable... je n'en peux plus!

– Il ne faut pas, chérie! (Il chercha sa main qu'il pressa doucement.) Tu n'as rien à te reprocher, il n'y a rien à faire. Parfois, les Indiens trempent la pointe de leurs flèches dans un poison. C'est ce qui a dû se produire pour moi.

– Et si je prenais un cheval pour aller chercher du secours?

– Voyons, petite, réfléchis... Il n'existe aucune

possibilité de secours à des miles à la ronde. Je serais mort bien avant que tu ne puisses alerter quelqu'un.

Il avait raison. S'il ne succombait pas au poison, il mourrait d'inanition.

– En revanche, il vaudrait peut-être mieux que tu partes, dès que la tempête sera apaisée et que la neige aura cessé de tomber. Plus tu mettras de distance entre les Pawnee et toi, mieux cela vaudra. Encore qu'ils doivent nous croire morts de froid à l'heure qu'il est.

– Non! cria-t-elle. Jamais je ne t'abandonnerai!

Pour la seconde fois, il sourit. Puis, sa main retomba inerte, son regard redevint vitreux. Il retourna à ses délires.

Au matin du second jour, la neige avait cessé de tomber et un brillant soleil faisait étinceler le tapis immaculé qui recouvrait le sol. Sarah, sur le seuil de la grotte, ferma les yeux, éblouie, pirouetta sur ses talons et courut vers son compagnon en criant :

– Sean! Il ne neige plus!

Il marmonna quelques paroles confuses et leva sur elle un regard vide d'expression. Et soudain, d'une voix dont la netteté la fit sursauter, il déclama :

– Je vais aller massacrer le pire des salauds, moi! J'aurai la peau de cette ordure de Giles Brock qui a fait tant de mal à ma Sarah! Un de ces jours je mettrai la main sur lui et il crèvera, et je savourerai ma vengeance...

Elle avait mouillé un bout de toile et elle lui tapotait le front et les joues tandis qu'il poursuivait sa harangue d'une voix devenue brusquement inaudible. La barbe qui lui mangeait les joues rappela à Sarah le long hiver passé en sa compagnie... Tête basse, en proie à une infinie mélancolie, elle se releva et retourna sur le seuil de la caverne. Là, soudain, elle prit sa décision. Leur maigre réserve de vivres se trouvait épuisée, il leur fallait de la viande fraîche, à Sean surtout... eh bien, elle irait à la chasse. Sachant que les lapins quittent leur terrier dès que la neige cesse de tomber, elle essayerait d'en tuer un!

Elle alla chercher les pistolets de Sean, les chargea et s'élança hors de la grotte. La neige perdait déjà de sa dureté et l'eau s'égouttait des branches. Au pied de la pente, le ruisseau coulait libre et rapide. Elle songea qu'il lui faudrait faire boire les chevaux dès qu'elle rentrerait. Elle s'avançait d'un pas prudent de crainte d'effaroucher l'éventuel gibier.

A une centaine de mètres de la grotte, elle surprit un mouvement. Un lapin, que sa fourrure blanche rendait presque invisible sur la neige, se rapprochait du ruisseau par petits bonds. Sarah se dissimula derrière un tronc, retenant son souffle. Inconscient du danger, l'animal progressait dans sa direction. Il s'arrêta, dressé sur ses pattes de derrière pour grignoter les feuilles tardives d'un buisson.

Sarah prit une longue inspiration, visa avec

précision et fit feu. L'arme sauta si fort dans sa main qu'elle faillit la laisser échapper. Le lapin, touché, roula deux fois sur lui-même et s'immobilisa, teintant la neige de son sang.

Ne voulant plus songer qu'au repas reconstituant qu'il représentait pour eux, elle souleva l'animal par les pattes arrière et regagna la grotte d'un pas vif. A peine avait-elle franchi le seuil qu'elle tomba en arrêt à la vue de la fourrure abandonnée : Sean avait disparu !

C'est alors que, surprenant un mouvement dans la pénombre du fond, elle le découvrit, agenouillé devant son fusil qu'il essayait de charger avec des gestes gauches. Elle courut à lui.

– Sean ! Pour l'amour du Ciel, qu'es-tu en train de faire ?

Il leva sur elle un regard qui disait tout son désarroi.

– J'ai entendu un coup de feu.

– C'était moi ! (Et, élevant le lapin à hauteur de son visage :) Je viens d'abattre notre dîner...

Il abandonna le fusil et se laissa choir sur le sol, le sourire aux lèvres.

– Ah, petite ! Cette fois, je suis vraiment fier de toi !

Elle déposa le lapin, l'aida à regagner sa couche de fourrure. Il s'étendit en exhalant un profond soupir.

– Je suis devenu faible comme un petit enfant.

– Quand je t'aurai fait boire un grand bol

de bouillon de lapin, les forces te reviendront.

Elle souriait en s'efforçant de croire à son propre mensonge.

– Tu as raison, petite... Va vite nous le préparer!

Sarah dépiauta la bête, la vida et en détacha les deux cuisses. Elle descendit ensuite au bord de la rivière pour y puiser une gamelle d'eau et couper quelques branches du peuplier. De retour dans la grotte, elle jeta le corps de l'animal dans la casserole et ajouta un peu de sel. Après quoi, elle attisa le feu. Pendant que mijotait le bouillon, elle disposa les branches comme elle avait vu si souvent Sean le faire et plaça les deux cuisses en brochette au-dessus du foyer. Ne restait qu'à confectionner une bonne tasse de thé.

Pendant ce temps, le blessé avait sombré dans un sommeil comateux dont il ne sortait, par instants, que pour marmonner et grogner. Fidèle à l'habitude qu'elle avait prise de s'occuper pour essayer de penser le moins possible, la jeune femme s'activait autour du foyer, surveillant la cuisson du bouillon et aussi la grillade qui prenait une magnifique teinte dorée.

Quand le bouillon fut prêt, elle en remplit une tasse qu'elle apporta à Sean. Comme il ne réagissait pas, sinon pour repousser sa main d'un mouvement de défense animal, elle leva la tasse à la hauteur de ses narines. L'idée était bonne. Sean releva la tête en reniflant.

– Ça sent bon, ici, dit-il.

– Mais... c'est bon! Et cela va te faire beaucoup

de bien! A présent, buvez-moi ce breuvage sans discuter, monsieur Sean Flanagan!

Elle l'aida à s'adosser à la selle, légèrement de côté afin de soulager l'épaule gauche. Il vida la tasse goulûment. Elle lui fit ensuite manger de petits morceaux de viande, du bout des doigts.

Bientôt, Sean se déclara rassasié.

– Va manger, chérie, à ton tour. Le chasseur doit être affamé.

Sarah ne se le fit pas dire deux fois. Elle détacha les cuisses dorées à point et, dans sa hâte de les dévorer, se brûla plusieurs fois les lèvres.

Sean la considérait d'un regard où l'amusement le disputait à une immense tendresse. La fièvre n'avait reculé que pour mieux revenir à l'assaut. Il lui fallait combattre aussi le délire qu'il sentait prêt à le saisir.

– Le cours d'eau en contrebas, commença-t-il d'un ton monocorde comme s'il ne s'adressait à personne en particulier, se jette probablement dans le Missouri. Le mieux serait de le suivre et de longer ensuite le Missouri vers le sud, puis vers l'est. Tu arriveras ainsi à Saint Louis.

Sarah posa sur lui un regard intrigué.

– De quoi parles-tu donc, Sean?

Dédaignant l'interruption, il poursuivit :

– Une fois arrivée à Saint Louis, va chez Jacques Fortier. Je lui ai laissé une importante somme d'argent en dépôt. Tout est pour toi, Sarah. Au moment de partir je lui ai demandé de le tenir à ta disposition, au cas où tu reviendrais sans moi.

Désemparée, elle courut s'agenouiller auprès de lui.

– Sean, je t'en supplie, cesse de dire des bêtises! Nous ferons ce trajet ensemble...

– Non, petite. (Avec un sourire mélancolique, il essaya de lui prendre la main.) Nous ne nous sommes jamais menti l'un à l'autre... Tu sais parfaitement, Sarah, que je ne quitterai plus cette grotte, je vais mourir ici... Et si tu n'étais pas une fille aussi entêtée, tu cesserais de perdre ton temps à attendre... Tu partirais le plus rapidement possible avant que ne se déchaîne une nouvelle tempête.

– Sean, je t'en prie, je ne supporte pas de t'entendre parler de la sorte. (Tête basse, elle pleurait doucement.) Tu ne sais pas ce que tu représentes pour moi.

– Je le sais, ma chérie, je sais beaucoup plus de choses que tu ne crois. L'autre soir, je crois t'avoir dit que je t'aime, n'est-ce pas? Il me semble m'en souvenir vaguement.

Elle secoua la tête sans répondre.

– Ouais... c'est bien ce que je pensais... Je n'aurais pas dû tant bavarder et pourtant je t'aime... je t'ai toujours aimée. (Il poussa un soupir douloureux.) Seulement, je sais aussi que c'est Jeb Hawkins qui a ton cœur.

Elle releva la tête et jeta d'un ton farouche :

– Il n'a même pas essayé de me retrouver!

Sean accueillit la remarque d'un air intrigué.

– Comment l'aurait-il pu? Il ne te savait même pas à Saint Louis!

Parce qu'il était trop tard, maintenant que des mots lui avaient échappé, elle se sentit obligée de lui raconter leur rencontre sur l'embarcadère. Emportée par son désir de sincérité, elle faillit même tout lui dire... Le chagrin qui se lisait déjà dans le regard de Sean l'arrêta.

– Donc, tu vois, conclut-elle abruptement, il savait que j'étais à Saint Louis... Et il n'a pas levé le petit doigt!

– Comment aurait-il pu savoir dans quelle direction te chercher, Sarah?

– Tu as bien su, toi! Et tu m'as trouvée!

– Le hasard m'a servi. La mort du cocher m'a alerté... J'ai ainsi découvert que Brock et Pommet t'avaient ramenée à l'écurie. Là, un valet a surpris leur projet de te vendre à un chef indien. Quant au reste... (Il haussa les épaules en grimaçant et poursuivit :) – Simple combinaison de la chance qui finit généralement par sourire aux Irlandais... et de l'entêtement qui les caractérise.

– Chance ou pas, je te garderai une éternelle reconnaissance, mon amour, dit-elle en l'embrassant, les yeux pleins de larmes.

– En ce qui me concerne, miss Moody, je vous suis simplement reconnaissant de vous avoir rencontrée... de vous avoir connue...

Il se laissa aller doucement en arrière, sans lâcher sa main.

– A présent, tu vas dormir, Sean... et te reposer, ordonna-t-elle d'un ton enjoué. Et que je ne t'entende plus parler de mourir. Tu as survécu à des blessures plus graves que celle-ci.

« Certes, songea Sean, qui n'avait plus le courage de répondre, mais jamais dans de pareilles conditions... » La main de la jeune femme toujours serrée dans la sienne, il sombra dans un sommeil tourmenté et fiévreux.

Sarah sécha ses larmes et s'efforça de reprendre le cours de ses occupations. Elle mena les chevaux jusqu'au ruisseau afin de les faire boire puis elle les entrava dans la boucle de la crique où l'herbe était restée drue. Toujours préoccupée par la menace d'un retour des Pawnee, elle grimpa jusqu'à la crête de la colline et scruta la plaine. Le temps clair, l'air limpide permettaient de voir très loin. Rien ne bougeait, nulle silhouette humaine ne se profilait à l'horizon. Elle en conclut qu'elle n'avait plus rien à craindre. Ou bien Buffle Blanc avait renoncé à les poursuivre, ou bien il les croyait morts tous deux dans la tourmente.

Revenue dans la grotte, elle s'installa quelques instants au chevet de Sean. Il était en proie à un profond délire et laissait échapper d'incompréhensibles propos. Elle changea le pansement sans qu'il s'en rendît compte. La blessure offrait un aspect si alarmant que Sarah dut se rendre à l'évidence : Sean était en train de mourir ! Tête basse, découragée, elle sortit de la caverne et demeura un long moment sur le seuil. Réussirait-elle cet interminable voyage? Quels périls devrait-elle affronter durant la traversée de cette contrée désolée? Son ennemi le plus redoutable ne serait-il pas la solitude?

Au coucher du soleil, elle fit boire de nouveau les chevaux et les ramena dans la caverne. Elle ranima le feu pour réchauffer le restant du bouillon, mais Sean refusa de boire. Elle le but elle-même, sans plaisir, garnit le feu de bois sec et demeura perdue dans ses pensées amères, le regard posé tantôt sur les flammes dansantes, tantôt sur le visage tourmenté de son compagnon.

A un certain moment, il s'agita, se redressa comme s'il avait l'intention de se lever.

– Sarah!

Elle courut s'agenouiller auprès de lui, prit sa main entre les siennes.

– Je suis là, mon amour, près de toi!

Il contempla son visage avec une intense avidité, tendit la main, au prix d'un extraordinaire effort, pour effleurer ses cheveux.

– Ils repousseront, petite... bientôt ils seront plus longs et plus beaux que jamais ils ne l'ont été.

– Oui, mon chéri, j'en suis sûre..., balbutia-t-elle en retenant ses larmes.

La main de Sean retomba lourdement, comme morte, ses yeux se fermèrent. Sarah se coucha auprès du feu et s'enfonça dans un sommeil de pierre.

Le jour était levé depuis longtemps quand elle s'éveilla. Le feu s'était éteint, il faisait froid dans la caverne. Sarah s'étira, elle se sentait parfaitement reposée. La pensée de Sean brisa soudain son élan. Il n'avait pas bougé. Elle ranima le foyer avant d'aller s'agenouiller à son chevet.

– Sean... le jour est levé.

Il demeura immobile, le visage sans expression, le teint livide.

Elle sut la vérité avant d'avoir tendu la main pour effleurer sa joue... sa joue glacée. Sean était mort. Il était mort au cours de la nuit, pendant qu'elle dormait... Elle remonta la fourrure sur son visage et sortit de la grotte en courant. En bas de la pente, près du ruisseau, elle écrasa son visage contre le tronc rugueux du peuplier et pleura jusqu'à l'épuisement.

Finalement, elle se redressa et se dirigea d'un pas résolu vers la caverne.

Elle creusa une tombe à mi-pente, entre l'entrée de la grotte et la rive.

Elle remonta ensuite pour accomplir le plus horrible devoir qui lui eût jamais incombé. Utilisant la peau de buffle, elle hala le corps jusqu'au bord du trou. Au moment de l'envelopper dans la fourrure comme elle l'eût fait d'un linceul, elle marqua une hésitation. Il lui sembla entendre la voix de Sean : « Ne sois pas stupide, petite, j'ai bien l'impression que tu auras plus besoin de cette fourrure que moi. »

C'était vrai. Elle en aurait grand besoin. Dans le même élan, elle faillit déposer Katie près de lui, dans la tombe. Cela aussi, c'eût été un geste de folie. Le fusil lui serait tout autant nécessaire.

Quand elle se mit à combler la fosse, elle détourna la tête jusqu'à ce que son visage ait disparut. L'épouvantable tâche achevée, elle demeura figée au bord de la tombe, cherchant vainement quelque chose à dire. Nulle prière ne lui vint à l'esprit. Alors, en désespoir de cause, elle chuchota :

– Adieu, Sean... Adieu, mon amour.

Elle regagna la caverne pour la dernière fois. L'après-midi étant déjà avancé, la sagesse aurait voulu qu'elle passât la nuit sur place et partît très tôt le lendemain. Mais elle n'en avait pas le courage. Pas après toutes les nuits passées auprès de Sean.

Elle sella l'un des chevaux, chargea les bagages sur l'autre, abandonnant sur place la seconde selle qui eût représenté un fardeau inutile. Il lui suffirait de changer de selle en même temps que de monture. Si les vêtements de Sean étaient trop amples pour elle, ils avaient, en revanche, une qualité essentielle : de loin ils lui donneraient l'apparence d'un homme. Et, armée comme elle l'était, elle ne laisserait personne l'approcher d'assez près pour reconnaître son erreur.

Elle se mit en route, le fusil en travers de la selle, les pistolets à portée de main, dans les fontes. Elle s'éloigna sans se retourner une seule fois.

Le temps restait clair et relativement doux. A l'exception de quelques traînées blanches, demeurées ici et là, la neige avait complètement disparu. De temps à autre, Sarah scrutait l'horizon, craignant l'apparition d'une troupe de Pawnee ou encore l'arrivée de nuées noires annonciatrices d'une nouvelle tempête.

Confiante, malgré tout, en son destin, elle suivait fidèlement les méandres du cours d'eau. Peu avant le coucher du soleil, elle surprit une biche au creux d'un vallon. Elle se laissa glisser à bas de son cheval et se dirigea vers un petit arbre dont une branche fourchue lui offrirait un bon appui pour le canon de son arme. Exactement à hauteur d'épaule. A trente mètres de là, l'animal, occupé à paître n'avait rien décelé. Sarah visa, comme tant de fois elle l'avait vu faire à Sean, et tira... Elle avait oublié la violence du recul qui la jeta en arrière et la fit rouler sur le sol. Elle se remit debout avec une grimace de douleur et courut vers l'animal.

La biche gisait inerte sur l'herbe. Sarah émit un petit sifflement de satisfaction et, pour la première fois depuis la veille, elle sourit. Rassurée par son exploit, elle alla ramasser le fusil dont elle tapota la crosse.

– Félicitations, Katie, ton maître serait fier de toi!

Avant de retourner à son gibier, elle rechargea l'arme et la glissa sous son bras. Avec un couteau, elle dépouilla et dépeça la bête avec la dextérité que donne une longue habitude, non sans songer, avec amertume, à quel point peut être féroce le besoin de survie...

Elle passa sa première nuit solitaire dans une sorte de renfoncement de la berge, surélevée en cet endroit, où elle édifia un petit feu pour rôtir quelques-uns des morceaux de l'animal. Son repas terminé, elle demeura longtemps assise, le regard perdu dans les flammes dansantes. Et elle fit une chose qu'elle referait souvent durant les longues semaines à venir, tout au long de l'interminable parcours : elle parla à haute voix, elle s'entretint avec Sean, exactement comme s'il s'était trouvé assis en face d'elle.

– Je parierais volontiers que tu ne m'aurais jamais crue capable de tuer une biche et de la dépecer sans faiblir, n'est-ce pas, Sean Flanagan ? Et pourtant, j'y suis parvenue, et je recommencerai, je vaincrai toutes les difficultés, mon chéri, je ne décevrai pas la confiance que tu as placée en moi, je le jure !

Enroulée dans les deux fourrures, Sarah s'endormit, les joues encore humides de larmes, le fusil à son côté.

Le temps demeura stable beaucoup plus longtemps qu'elle ne l'avait espéré. Si les nuits étaient glaciales, les journées étaient magnifiquement ensoleillées. Une fois seulement, elle dut traverser un violent orage, et une nuit entière, subir une pluie diluvienne. Grâce à cette température clémente sa nourriture demeurait assurée. Non qu'elle se fît beaucoup d'illusions sur ses qualités de tireuse : son premier coup au but avait été le résultat d'un heureux hasard, et elle connut un certain nombre de tirs manqués. Mais, à la longue, et l'abondance du petit gibier aidant, elle commença à viser de façon satisfaisante.

A deux reprises, elle aperçut des êtres humains. La première fois, ce furent quelques Indiens. Elle sauta de cheval et pointa son fusil dans leur direction. Sans approcher davantage, ils l'escortèrent une heure durant, suivant une piste parallèle, avant de tourner bride et de disparaître au galop.

La seconde fois, il s'agissait de deux trappeurs. A sa vue, l'un d'eux leva le bras et la héla. Sarah n'avait pas la moindre envie d'entrer en contact avec eux, de leur donner l'occasion de s'apercevoir qu'ils avaient affaire à une femme. Cette fois encore, elle usa de la même tactique, le fusil pointé. Ils retinrent leurs montures, piétinant sur place, visiblement perplexes. Puis l'un d'eux brandit le poing, ils tournèrent bride et s'enfuirent.

Deux semaines après la mort de Sean, de noirs nuages venus du nord l'obligèrent à chercher un refuge. Le blizzard allait se lever. N'ayant rien trouvé de mieux qu'une sorte de déclivité protégée par un énorme peuplier, elle se hâta d'y attacher les montures, de rassembler un peu de bois et d'allumer un feu pendant qu'elle le pouvait encore. Le ciel s'assombrit davantage, tandis que le vent glacial se renforçait de minute en minute.

La chasse du matin avait été fructueuse, heureusement, mais elle se demanda bientôt comment elle réussirait à cuire la viande. Brusquement, elle se trouva placée au cœur même de la tempête qui rugissait dans un ciel d'encre. Une neige drue se mit à tomber. Le vent l'enveloppait maintenant dans un tourbillon fantastique. Sarah s'enroula dans les fourrures et demeura assise auprès du feu. Elle finit par s'endormir ainsi et ce fut le froid qui la réveilla, grelottante.

Comme elle ne réussissait pas à rallumer le bois détrempé, elle décida de se réfugier entre les deux chevaux. Elle jeta l'une des peaux pardessus leurs dos et s'accrochant au cou de l'une des deux bêtes, elle réussit à dormir ainsi, debout, par à-coups. A un certain moment, elle tomba dans la neige et éprouva d'immenses difficultés à s'arracher à cette couche tiède, dangereusement attirante, mortelle. Elle se redressa et elle se mit à piétiner frénétiquement sur place en agitant bras et jambes. Lorsqu'elle fut suffisamment réchauffée, elle reprit sa place entre les deux bêtes.

La notion de temps avait disparu. Etait-ce encore le jour? Etait-ce déjà la nuit? Elle n'osait se risquer jusqu'au paquetage afin d'y chercher quelque chose à manger. La tourmente dura ainsi deux longs jours. Quand la neige cessa de tomber, il faisait grand jour mais le ciel chargé de nuages gris l'empêchait d'estimer l'heure. Il faisait un froid terrible.

Vacillant sur ses jambes, elle se mit à dégager une petite surface pour essayer d'allumer du feu. Le bois détrempé refusa de prendre. Elle recourut alors à quelques morceaux de toile et obtint une petite flamme qu'il fallut entretenir avec infiniment d'attention, le temps que la neige fonde alentour. Elle mit un pot de thé à chauffer et conduisit les animaux jusqu'au ruisseau pour les faire boire. Elle se rappela que Sean lui avait conseillé de nourrir les chevaux de bouts d'écorce, lorsque l'herbe serait gelée et ensevelie sous la neige. Elle en gratta plusieurs poignées qu'elle leur offrit en pâture. Les chevaux renâclèrent d'abord, relevèrent la tête, regardant Sarah avec perplexité, puis, en désespoir de cause, consentirent à absorber cette étrange nourriture. Sarah but son thé brûlant avec plaisir, ensuite elle choisit quelques morceaux de viande gelée et se prépara un bouillon qui la réconforta.

Le temps qu'elle rassemble assez de bois pour lutter contre le froid de la nuit et prépare son paquetage du lendemain, le moment était venu de s'enrouler dans les fourrures pour essayer de profiter d'une bonne nuit de repos.

Le rayon de soleil qui l'éveilla pour de bon – elle s'était levée plusieurs fois au cours de la nuit pour recharger le feu – la trouva impatiente de reprendre la route, cette interminable route dont elle commençait à se demander si elle en verrait un jour la fin. Son allure était lente, à cause, surtout, de la marche hésitante des chevaux qui tâtaient prudemment le terrain couvert de neige, avant de s'y aventurer. Souvent, ils s'enfonçaient jusqu'au ventre et Sarah devait descendre pour les aider à se dégager. La rive elle-même n'offrait pas toujours la meilleure voie de cheminement, bordée qu'elle était par d'énormes congères. A la fin de cette dure journée, elle n'avait franchi qu'une courte distance.

Le lendemain fut identique et de même les jours suivants. Terrible monotonie de cette avance sans fin au cœur d'une blancheur molle et glacée qui ne fondrait pas avant des mois. Interminable au point que Sarah finit par perdre toute notion du temps.

Un jour, pourtant, un mois peut-être après son départ, Sarah atteignit le confluent du petit cours d'eau avec un large fleuve.

C'était le Missouri!

Une terrible déception l'écrasa au creux de sa selle : les eaux puissantes du Missouri étaient prises par les glaces. Elle qui avait tant espéré s'embarquer à bord d'un radeau ou d'une péniche pour gagner Saint Louis!

Le découragement la figea longtemps, immobile sur la rive du fleuve gigantesque où nul bateau ne passerait avant le printemps et la fonte des glaces. Elle avait l'impression, de quelque côté qu'elle se tournât, de se heurter à l'impossible... Une situation sans espoir, identique à celle qui avait été la sienne par cet horrible soir de brouillard où elle s'était retrouvée liée et bâillonnée, à bord du *North Star.* Sans recours, sans défense, ou presque, abandonnée et ignorée de tous... Par quel miracle surmonterait-elle, seule, maintenant, les difficultés qui l'attendaient? Combien de mois lui faudrait-il encore marcher, marcher?

A la longue, les chevaux manifestèrent leur impatience. Sarah, tirée brusquement de sa lugubre rêverie, se redressa et apaisa les bêtes. Elle fixa, au hasard, un point de l'horizon et se mit à parler à voix haute comme pour donner plus de force à la décision qu'elle venait de prendre. « Sean, mon chéri, tu m'as dit que je pourrais y arriver. Alors, crois-moi, je réussirai! Rien ne m'arrêtera... d'une manière ou d'une autre, je réussirai. »

Le printemps fut précoce cette année-là à Saint Louis. L'hiver avait sévi avec une telle rigueur qu'une partie du Mississippi avait gelé, réduisant considérablement le trafic fluvial et contraignant les mariniers à rester ancrés à Saint Louis durant des semaines.

Aussi la reprise de l'activité commerciale, en ce début de mars, mettait-elle Jacques Fortier sur les dents. Ce matin-là, penché sur son comptoir, il préparait les bordereaux d'expédition de fourrures à destination de la Nouvelle-Orléans. La sensation d'une présence lui fit soudain lever la tête. Un petit homme, d'une minceur extrême, vêtu d'un costume de trappeur usé jusqu'à la corde, s'avançait vers lui... Un homme... mais non, mon Dieu... c'était une femme. Une femme habillée en homme. A première vue, il la prit pour une

Indienne, mais un examen plus attentif lui révéla qu'elle était blanche.

– Monsieur Fortier? murmura-t-elle d'une voix enrouée, qui donnait l'impression de n'avoir pas servi depuis longtemps. Vous souvenez-vous de moi? Sarah Moody...

– Sarah Moody?

Il la regarda d'un air stupéfait puis, détaillant le visage émacié de la jeune femme, il se frappa le front.

– Mais, c'est pourtant vrai... mademoiselle Sarah Moody! Que vous est-il donc arrivé? Et Sean? (Son regard fouilla la pénombre, derrière sa visiteuse.) Où est l'Irlandais?

– Sean Flanagan est mort, monsieur. Je l'ai enterré au pied des Platte... Il a reçu une flèche dans le dos.

– Mort? Mon ami Sean? Mon Dieu... quelle triste nouvelle vous m'apportez là! (Il hocha la tête, ému du souvenir de cet homme fidèle et chaleureux. Puis, soudain:) Mais... une pareille distance? Vous avez parcouru ce chemin toute seule, mademoiselle?

– Si l'on veut, oui, mais la pensée de Sean m'a soutenue et encouragée. Parfois, pourtant, je me suis sentie bien seule... et sur le point de renoncer. Enfin, l'essentiel est que je sois ici. (Elle sourit pour la première fois depuis qu'elle était entrée.)

– C'est en effet le principal, acquiesça-t-il en retrouvant son enjouement habituel. (Il fit le tour du comptoir.) Vous devez être exténuée, affamée... et il va vous falloir des vêtements.

Sarah leva la main pour couper court à son empressement.

– Monsieur Fortier, je crois savoir que Sean vous a laissé des fonds en dépôt?

– Certainement, mademoiselle. C'est la dernière responsabilité que mon ami m'ait confiée : « Au cas où Sarah Moody reviendrait seule, tout sera pour elle. »

– Et la malle remplie des vêtements que je vous avais achetés, l'année dernière, l'avez-vous encore?

– Assurément, mademoiselle. Elle se trouve dans mon entrepôt. Sean l'avait rapportée au moment de son départ.

– Alors, si vous voulez bien me procurer une voiture, s'il vous plaît, monsieur, je vais me rendre à la pension Foster.

Jacques Fortier contemplait d'un regard mi-étonné, mi-amusé cette singulière créature entrée chez lui peu d'instants auparavant, miséreuse et dépenaillée comme la plus minable des squaws, et qui se transformait sous ses yeux en femme sûre d'elle et impérieuse.

– J'aimerais également que vous me consentiez une avance sur les fonds dont vous disposez.

Dissimulant un petit sourire, Fortier s'inclina légèrement.

– Tout de suite, mademoiselle, tout de suite! Vous pouvez être assurée de mes loyaux services.

Sarah rougit sous son hâle et sourit à son tour.

– Je m'excuse, monsieur Fortier mais, voyez-vous, je sors d'un véritable enfer...

Elle chancela et se serait effondrée si, d'un geste vif, Fortier ne l'avait soutenue à temps.

– Et moi, mademoiselle, je m'excuse de mon impertinence inconsidérée. (Il éleva la voix.) Marie!

Sarah prit appui sur le comptoir et se passa les mains sur les tempes.

– Devant la porte, il y a les chevaux de Sean, son paquetage, ses armes... j'aimerais que vous en tiriez un juste prix. Pouvez-vous vous en charger?

– Naturellement, mademoiselle! Faites-moi confiance!

– Attendez! Pas le fusil... Pas Katie. Je désire le conserver. En souvenir de Sean. Je... je ne pourrais pas m'en séparer!

Marie Fortier, toujours empressée, fit une entrée froufroutante.

– Tiens, chérie, veux-tu t'occuper de Mlle Moody... Elle a failli s'évanouir... Une goutte de cognac peut-être, pour la remonter? Et ensuite un bol de cette soupe que tu es en train de préparer! Je vais m'occuper de la voiture.

Sarah ne put résister à son désir de l'interroger :

– Y a-t-il beaucoup de péniches dans le port? lui demanda-t-elle avant qu'il ne s'éloigne.

– Oh ça oui! mademoiselle! L'hiver a été rude

et en a bloqué un grand nombre! Mais, à présent, elles se préparent toutes au départ.

Sarah avait le nom de Jeb Hawkins sur les lèvres. Pourtant, elle se retint et ne posa pas d'autre question.

La pension Foster lui offrit la possibilité de prendre le bain auquel elle aspirait depuis des mois. Longtemps après s'être lavée, récurée, elle resta des heures à rêver dans l'eau merveilleusement tiède.

Des sentiments contradictoires l'habitaient. Elle souhaitait ardemment retrouver Jeb, et pourtant la mort de Sean pesait encore lourdement sur son esprit et sur son cœur. Au point que son désir d'aller rejoindre Jeb lui apparaissait comme une infidélité...

Et quel serait l'accueil de Jeb? La verrait-il surgir de son passé avec des transports de joie, ou bien, au contraire, manifesterait-il un froid déplaisir? Peut-être ne croirait-il pas un mot de ses explications... Mais voudrait-il même l'écouter? Paradoxalement, ces réflexions provoquaient en elle une fureur contre Jeb qu'elle ne s'expliquait guère. De quel droit lui reprocherait-il quelque chose? Lui, justement? Lui, le misérable, qui s'était bien gardé de se lancer à sa recherche... C'était Sean Flanagan qui l'avait suffisamment aimée pour la sauver au prix même de sa vie! Pas Jeb Hawkins! A supposer qu'il l'écoute et qu'il la croie, quelle serait sa réaction? Sean avait compris l'horreur des humiliations, des blessures morales et physiques qu'elle avait subies. Jeb en serait-il capable? Le capitaine Hawkins obéissait aux règles strictes d'un code moral puritain. Des règles qu'il avait d'ailleurs enfreintes avec elle à bord du *North Star.* Une seule et unique fois! Sarah avait deviné cependant le remords qui le rongeait... Et peut-être même considérait-il leur étreinte à bord de sa péniche comme un péché...

Que le diable emporte Jeb Hawkins, son puritanisme et sa morale!

Elle sortit de son bain et s'enveloppa de serviettes qui lui parurent délicieusement douces. Réaction naturelle, une immense lassitude s'empara d'elle et elle s'allongea sur son lit où elle s'endormit aussitôt.

Deux heures plus tard, elle s'éveilla, s'étira longuement et prit la décision d'aller s'entretenir avec Jeb. Elle lui devait au moins cela. Et elle se le devait à elle-même. Vêtue de neuf, coiffée – elle avait arrangé au mieux sa chevelure mi-longue –, elle sortit de l'auberge et partit à la recherche d'une voiture qui pourrait la déposer à l'embarcadère. Elle en trouva une sans peine.

Sa résolution commença à faiblir lorsqu'elle aperçut le grouillement du port et les nombreux bâtiments amarrés. Elle fit arrêter le cocher, le paya, et poursuivit lentement à pied, perdue dans la foule où se mêlaient matelots, débardeurs et passagers.

A la vue des deux péniches, fraîchement repeintes, appartenant à Jeb, le sang battit plus fort dans ses veines. Elle pressa le pas, emportée par un irrésistible besoin de sentir ses bras se refermer sur elle.

A la poupe de la péniche de fret, le capitaine Hawkins surveillait avec vigilance les opérations d'embarquement, un cigare coincé entre deux doigts. Sarah se précipita à sa rencontre.

C'est alors que sortit de la cabine de Jeb une femme aux formes généreuses, très belle, la chevelure blonde et soyeuse, vêtue à la dernière mode. Elle s'arrêta auprès de Jeb et lui posa la main sur le bras d'un geste familier, en lui dédiant un sourire éclatant. Le capitaine interrompit sa surveillance. Il plaça une main sur celle de la jeune femme, puis lui entoura les épaules d'un bras en caressant d'un regard amoureux le visage renversé vers lui au creux de son épaule.

Sarah ralentit le pas, s'immobilisa, bousculée par les passants, le cœur battant à tout rompre. Une chape de plomb pesait sur ses épaules. Visiblement, ils s'entendaient à merveille... ils se connaissaient de façon intime... Ils étaient amant et maîtresse! Cette découverte traversa son cœur comme une aiguille de glace. Incapable d'esquisser le moindre mouvement, indifférente à l'agitation qui l'entourait, Sarah eut le sentiment de s'enfoncer lentement dans les sables mouvants du désespoir.

Elle fit volte-face et, lentement d'abord, accélérant le pas ensuite, obsédée par la crainte qu'il l'aperçoive et la reconnaisse, elle regagna la colline.

De toute évidence, il achevait les préparatifs pour partir dès le lendemain matin. Demain, il ne serait plus là. Elle se mettrait alors à la recherche d'une péniche et retiendrait un passage à destination de la Nouvelle-Orléans.

QUATRIÈME PARTIE

LA PROMESSE

24

Jeb Hawkins avait appris à aimer le Mississippi, « cette bonne vieille Mrs Sippi », ainsi que se plaisait à l'appeler le malheureux capitaine Clayborne.

Après deux ans et demi passés à fendre l'eau du fleuve dans les deux sens entre la Nouvelle-Orléans et Saint Louis, Jeb connaissait par cœur chacun de ses méandres, chacune de ses criques. Cette connaissance intime du trajet participait, à n'en pas douter, de la passion qu'il portait au fleuve. Un capitaine de navire pouvait passer son existence à fendre les mers au gouvernail de sa frégate, sans jamais connaître à fond les secrets de l'océan.

C'était, aux mots près, la vérité exprimée par un vieux batelier qui avait confié à Jeb quelques-uns de ses secrets.

« Elle est rusée, mon gars, rusée et vicieuse comme une foutue garce, mais si tu prends la peine d'apprendre à déjouer ses tours, tu réussiras à la mater comme n'importe quelle coquine!

Premier travail, la connaître comme ta propre piaule, tous les détours, tous les recoins, tous les fonds et les hauts-fonds et tous les bancs de sable! Même ceux qu'elle déplace! C'est parce qu'ils n'ont jamais pris cette peine que la plupart des bateliers n'osent pas voyager de nuit. Si tu veux t'en sortir, même quand il n'y a pas de lune, il faut te mettre la carte du fleuve dans le crâne. Comme si tu devais naviguer les yeux fermés. C'est ça le secret, mon petit! Le tracé exact de ce foutu cours d'eau dans la cervelle! »

Jeb s'attela à la tâche et réussit aussi bien qu'il était possible, car, en fait, il fallait réapprendre son Mississippi à chaque voyage : les bancs de sable se transformaient et se déplaçaient sans cesse. Grâce à la prodigieuse mémoire qui, déjà, lui avait rendu tant de services, il pouvait se permettre de voyager de nuit, ce qui favorisait singulièrement ses affaires. Il avait, en effet, atteint un niveau de prospérité dont il n'aurait pas osé rêver au moment où il regardait l'épave en feu du *North Star* s'enfoncer dans la mer.

Par ailleurs, et à sa surprise amusée, Jeb avait découvert que son caractère avait changé, qu'il avait gagné en souplesse et en douceur. En raison de sa réussite, sans doute, mais aussi grâce à la camaraderie qui unissait un capitaine de péniche à son équipage. Rien de comparable à la morgue hautaine qu'il affichait à l'égard des matelots de sa frégate. Il s'était accoutumé, avec plaisir, à l'humour un peu cru de ses hommes, à leurs manières rudes; il appréciait aussi leur ardeur au travail et leur fidélité. Car Jeb ne rencontrait jamais la moindre difficulté pour recruter du personnel : Il payait mieux que les autres capitaines, il nourrissait et traitait bien ses hommes; ses bateaux avaient une excellente réputation. S'il ne se commettait jamais avec eux dans des beuveries tapageuses, il ne refusait pas, en revanche, de boire un verre en leur compagnie et il entrait, sans rechigner, dans la ronde de leurs plaisanteries grossières. Mais il mettait un point d'honneur à conserver l'avantage, au chapitre du travail et de la discipline, et cette attitude lui valait encore plus de respect.

Jeb n'avait toujours que deux bateaux en service. Celui de Cap, destiné aux passagers, avait été remplacé par un bâtiment plus grand, pourvu de cabines luxueuses et d'une salle à manger. Il faisait le plein à chaque voyage. Ezra Boggs qui ne l'aurait quitté pour rien au monde avait conquis de haute lutte ses galons de chef cuisinier. Il régnait sur les fourneaux de la péniche avec un talent et une autorité qui valaient à Jeb une clientèle de choix. Nombreux, en effet, étaient les passagers qui, deux ou trois fois par an, s'offraient le voyage pour leur seul plaisir.

Un atout non négligeable était la sécurité dont on jouissait à bord de ses navires. Les pirates de Giles Brock perturbaient le trafic fluvial et transformaient chaque voyage en une aventure hasardeuse pour la majorité des bateaux. Bien qu'il fût considéré comme un fléau de Dieu, jamais Brock n'avait réussi à mener à bien une attaque lancée contre l'un ou l'autre bateau de Jeb. De sorte que depuis le jour de sinistre mémoire où Brock et sa bande avaient massacré l'équipage de Cap Clayborne, Jeb n'avait plus perdu un seul homme en dépit de tentatives renouvelées au moins deux fois par an. Cette sécurité apportait également au capitaine Hawkins une fidèle clientèle de femmes seules. Il fallut à Jeb un certain temps pour comprendre que sa compagnie les attirait au moins autant que le confort paisible de son bâtiment. Jeb qui n'avait rien d'un fat, se vit obligé d'admettre qu'il ne laissait pas les femmes indifférentes. Les premiers temps, il était resté fermé à leurs avances. Par la suite, les exigences de son tempérament et le peu de goût qu'il avait toujours nourri à l'égard des maisons de tolérance et des cabarets douteux étaient venus à bout de sa rigueur puritaine. Désormais, il n'était guère de voyage où il n'eût une femme dans sa cabine.

L'une d'elles, en particulier, une beauté blonde, Hester Valance, effectuait avec lui le parcours deux ou trois fois l'an. Veuve, la trentaine à peine dépassée, elle avait hérité de son défunt mari une fortune plus que coquette. Mais le bonheur physique auquel elle aspirait, elle ne le trouva que le jour où Jeb l'entraîna dans son grand lit. Elle s'y comporta avec une fougue et un talent qui n'avaient d'égaux que son charme et son irréductible sens de l'humour.

La simplicité et la candeur avec lesquelles Jeb affichait sa liaison à bord donnait, lui semblait-il, la juste mesure de sa transformation. Dans un passé pas tellement éloigné, il se serait empressé de stigmatiser pareille conduite, plus particulièrement à bord du *North Star*, mis à part le regrettable épisode avec Sarah Moody.

Le souvenir de Sarah le hantait parfois, comme le tourmentait le mystère qui planait sur son sort. Au début, il avait interrogé un grand nombre de gens sur elle, sur Sean Flanagan aussi. Mais nul ne savait rien d'eux, et il ne put jamais glaner la moindre information. Deux années s'étaient écoulées depuis la tendre et voluptueuse visite de Sarah à son bord!

Un jour de printemps de cette seconde année, Jeb Hawkins s'amarra au quai de Saint Louis après un agréable voyage en compagnie d'Hester Valance. Il était occupé à surveiller le déchargement des marchandises, lorsque son attention fut détournée par l'arrivée d'une mule que montait, tant bien que mal, un gamin d'une douzaine d'années. A sa grande surprise, le jeune cavalier fit halte à sa hauteur.

– C'est-y vous l'capitaine Hawkins?

– C'est bien moi, garçon, répliqua Jeb, étonné.

– M'sieur Fortier a appris vot' arrivée, expliqua le petit. Alors y m'a envoyé pour vous demander si vous seriez assez gentil pour lui rend' visite quand vous pourrez. C'est pour une question d'affaires, monsieur.

– Monsieur Fortier?... Ah oui! Jacques Fortier! (Une lueur d'intérêt s'alluma dans l'œil de Jeb.) Quel genre d'affaire peut-il vouloir traiter avec moi, mon garçon?

– Ça alors, j'sais pas, monsieur. Y m'a juste envoyé pour vous demander si ça vous dérange pas de v'nir.

Jeb plissa le front. Il réfléchissait, perplexe. Jacques Fortier négociait à lui seul plus de fourrures et de denrées qu'aucun marchand de Saint Louis. Jamais le capitaine n'avait travaillé avec lui, et comme on lui proposait toujours plus de fret qu'il n'en pouvait embarquer, il n'avait jamais cherché à établir le contact. A dire vrai, il ne le connaissait même pas. Ce qui n'était pas une raison pour refuser l'entretien sollicité.

– C'est entendu, dit-il au gamin qui attendait la réponse, dis à M. Fortier que je vais venir. Et par la même occasion, envoie-moi donc la première voiture que tu rencontreras sur ton chemin.

– Entendu, capitaine! Ce s'ra comme vous voulez, capitaine.

Le gosse exécuta une sorte de salut et repartit au pas tranquille de sa monture qu'il s'efforçait en vain de stimuler.

Jeb héla son fidèle bras droit.

– Tim, je dois aller en ville. Occupe-toi du débarquement et veille à ce que tout se passe bien, veux-tu?

– Comptez sur moi, capitaine.

Dix minutes plus tard, Hawkins pénétrait dans le bureau de Jacques Fortier. Les présentations faites, le petit Français laissa éclater sa rancœur avec violence.

– J'ai été informé, ce matin, que le bateau de

Thad Turner a été pris dans une embuscade. Il était chargé de marchandises qui m'étaient destinées. A présent, les marchandises se sont envolées, Thad est mort, le bateau a disparu et tout cela est l'œuvre de ce suppôt du diable de Giles Brock! Mon Dieu! Il faut éliminer ce bandit, sinon nous ne pourrons plus travailler!

– Il ne le sera que lorsqu'il aura fait plus de victimes encore! répliqua Jeb. Le principal obstacle vient de ce que personne n'estime disposer de l'autorité nécessaire pour agir. Les Espagnols s'en moquent, les Français n'ont plus aucun pouvoir et les Américains n'ont pas encore assez souffert par sa faute. En outre, la loi ne les autorise pas à exercer une autorité de police sur le fleuve. Aussi chaque batelier doit-il assurer sa propre protection.

– Mais vous, capitaine Hawkins, j'ai entendu parler de vos démêlés avec cette canaille. Comment faites-vous pour en sortir toujours indemne?

– Parce qu'il n'a jamais réussi à me prendre au dépourvu! Chaque fois, je l'attends de pied ferme avec des hommes entraînés de façon régulière comme s'ils servaient à bord d'un navire de guerre. C'est un trop gros morceau pour ce ramassis de forbans.

– C'est la raison pour laquelle j'ai demandé à vous rencontrer, dit Fortier. Thad Turner prenait mon fret en charge depuis des années. Il était devenu mon ami. A présent il est mort... (Le Français écarta les mains en signe d'impuissance.) Vers qui d'autre que vous pourrais-je me tourner, capitaine Hawkins?

Jeb réprima à grand-peine un mouvement de satisfaction. Se voir confier le fret de Fortier, et en exclusivité... Quelle aubaine! Il s'efforça de dissimuler son contentement.

– Vous me flattez, monsieur, mais j'ai d'autres clients.

– Je vous paierai à des taux plus élevés, s'empressa d'ajouter Fortier, en échange de quoi vous me garantirez des voyages sans accroc pour mes fourrures.

– C'est un genre de garantie que je ne pourrai jamais vous donner, répliqua Jeb, mais j'ai une idée... c'est un projet que je roule dans ma tête depuis pas mal de temps. Si je pouvais le réaliser, il renforcerait la défense de mes bateaux de façon considérable. (Jeb eut un sourire narquois.) Si jamais Giles Brock tente une attaque, il n'aura pas trop de ce qui lui restera d'existence pour le regretter.

– C'est là, très précisément, le genre d'assurances dont j'ai besoin actuellement, voyez-vous! s'exclama le petit homme dont le naturel jovial reprenait le dessus. Acceptez-vous de vous charger de mon fret? Je puis vous assurer que je disposerai toujours d'assez de fourrures à destination de la Nouvelle-Orléans et, au retour, d'assez de marchandises pour vous permettre des gains substantiels.

Jeb feignit une dernière hésitation puis secoua la tête d'un air résolu.

– C'est entendu, monsieur Fortier. Marché conclu!

Ils se serrèrent la main cordialement et prirent place à une petite table afin de mettre au point les détails de leur accord. Au bout d'un certain temps, Jeb ne suivait plus que d'une oreille distraite les explications du petit homme, fréquemment ponctuées d'injures et de malédictions à l'adresse de Giles Brock, quand, soudain, il sursauta :

– Excusez-moi, qu'avez-vous dit à l'instant, Fortier?

Le petit homme, abandonnant ses papiers, lui adressa un regard stupéfait.

– Pardon?

– Quelque chose au sujet d'une femme... et de Giles Brock.

– Ah oui! en effet! Cette fripouille a enlevé une femme, ici même, dans les rues de Saint Louis, et l'a vendue comme esclave à une tribu pawnee.

– Son nom? Le nom de cette femme?

Emporté par son impatience, Jeb avait élevé la voix.

– Sarah Moody... Mlle Sarah Moody.

– Par tous les saints du paradis! Encore et toujours cette ordure, cette canaille! s'écria-t-il en serrant convulsivement les poings tandis qu'une rage meurtrière montait en lui. Qu'est-elle devenue? Le savez-vous?

– Oui, je l'ai revue ici même, dans mon magasin, il y a un an à peu près. Mon Dieu, ajouta-t-il en pressant ses paumes contre ses joues, elle n'était plus que le fantôme d'elle-même!

– Sait-on ce qu'elle est devenue?

– Pour autant que je sache, tout va bien pour elle. Mais je ne l'ai pas revue depuis.

– Et cet homme... un certain Sean Flanagan. Avez-vous de ses nouvelles?

– Mon Dieu, le malheureux Sean..., gémit Fortier. Il a été tué par un Indien. Il était parti à la recherche de Mlle Moody. Mais ce n'est qu'après des mois d'errance dans l'immensité de la Prairie qu'il a réussi à la retrouver. Et il l'a payé de sa vie. Connaissiez-vous Sean Flanagan?

– Non. Mais je sais que cette femme, Mlle Sarah Moody, a connu les pires infortunes depuis le moment où je l'ai amenée sur ce rivage... et même avant! Je suis heureux d'apprendre qu'elle a survécu à ce nouveau coup du sort.

Le petit homme parut stupéfait:

– C'est vous qui l'aviez amenée ici?

– Cela n'importe plus à présent! (Il se pencha sur la table dont il serrait le bord avec une telle force que ses phalanges blanchissaient.) Où se trouve Sarah? Le savez-vous?

– Je ne puis vous répéter que ce qu'elle m'a dit. Elle a parlé de la Nouvelle-Orléans. Bien du temps a coulé depuis et vous comprendrez sans peine que...

Giles Brock et Rhys Pommet s'étaient installés dans une sorte de vie de château. La bande comptait environ une trentaine d'individus dont le nombre pouvait varier mais qui demeurait suffisamment important pour leur permettre de s'emparer de n'importe quel bateau circulant sur le fleuve. Brock avait récemment capturé deux péniches, dont l'une appartenait à Thad Turner et il les avait retenues pour son usage personnel. Non seulement il faisait la loi sur le fleuve, assurant à ses hommes un très riche butin, mais en outre il pouvait se pavaner dans la plupart des villes riveraines en toute impunité et s'y livrer à la débauche tout à loisir.

Un soir qu'une fille de joie assise sur les genoux de Brock lui demandait combien de bateliers tués il avait à son actif, le forban avait répliqué avec un rire cruel :

– Tu crois tout d' même pas qu'on s'amuse à les compter, des fois ?

L'orgueil de la réussite s'exprimait chez Brock par un souci d'élégance qui le poussait à porter des culottes de satin brodé, des chemises à jabot de dentelle et des bottes en cuir glacé. On disait qu'il mettait un point d'honneur à s'exhiber ainsi, au milieu de ses hommes, alors même que la bataille faisait rage.

Pommet avait jugé indispensable de l'avertir.

– Si tu continues à t'habiller comme ça quand on prend une péniche d'assaut, Giles, tu le regretteras un de ces jours. Pendant que tu y es, tu pourrais aussi brandir un drapeau... ils sauraient mieux sur qui tirer !

– Justement ! Laisse-les me regarder ! Je veux qu'ils me voient ! Je veux qu'ils sachent que c'est moi, Giles Brock, qui suis lancé à leurs trousses et qui vais leur crever la paillasse!

Brock commençait à se croire invincible. Depuis longtemps toute espèce de scrupule – à supposer qu'il en ait jamais eu – l'avait abandonné. L'attaque d'une péniche le transfigurait, le métamorphosait en une sorte de démon avide de meurtre, assoiffé de sang.

Rhys Pommet, à l'inverse, n'avait en rien modifié ses habitudes de tueur efficace et froid. A l'issue d'un assaut particulièrement sanglant, il n'avait pu se retenir de dire son inquiétude à son acolyte :

– Giles, tu m'effraies depuis quelque temps. Tu te déchaînes... tu te conduis comme... comme un fou... Les hommes commencent à avoir peur de toi!

– C'est parfait ainsi! C'est exactement ce que je veux! Je suis leur chef, Nom de Dieu! Je veux les voir trembler devant moi, comme chaque individu tremblera bientôt au seul nom de Giles Brock, d'un bout à l'autre de ce foutu fleuve!

Il lui restait pourtant un os en travers de la gorge, à Giles Brock : son impuissance à abattre Jeb Hawkins. Tout au long des deux années qui venaient de s'écouler, il avait usé de toutes les ressources de sa fertile imagination pour tenter de faire main basse sur les péniches de son irréductible ennemi, mais aussi de capturer le capitaine lui-même. Et chaque fois, il avait échoué. Ou bien Hawkins déjouait les tentatives en plaçant des éclaireurs qui donnaient toujours l'alerte à temps, quand les mules tiraient vers l'amont. Ou bien, rompant délibérément avec les habitudes des bateliers, il redescendait de nuit au fil du courant, rendant, par cette manœuvre, toute attaque impossible.

Cet homme devait être le diable en personne.

Cependant Brock ne songeait nullement à renoncer. Il venait, au contraire, de mettre sur pied un nouveau plan dont il attendait le succès, grâce aux deux bateaux qu'il possédait depuis le meurtre de Turner. Il avait l'intention de se lancer sur l'eau déguisé en honnête batelier, transportant une cargaison factice, bien en évidence sur chacune des deux péniches. Les rameurs seraient des hommes normalement recrutés, les pirates resteraient dissimulés à l'intérieur jusqu'à l'instant où, comme par inadvertance, les péniches se trouveraient à portée de fusil. A ce moment-là, Hawkins n'aurait aucune chance d'échapper au massacre.

Brock avait appris que le capitaine Hawkins, ancré à Saint Louis, s'apprêtait à descendre le fleuve avec une lourde cargaison de fourrures. Le pirate avait installé ses quartiers d'hiver autour de Cottonwood Creek où il pouvait dissimuler ses péniches et où il avait fait construire deux bâtiments en rondins. Le premier, long et bas de plafond, servait de logement aux hommes, le second, de plus belle apparence, lui était réservé. Il avait placé un observateur à Saint Louis qui avait deux chevaux rapides à sa disposition et avait reçu instruction de venir immédiatement l'avertir du jour de départ de Hawkins, dès qu'il en aurait connaissance.

Il devait offrir à ses hommes une occasion de se battre. Leur trop longue inaction les rendait impatients, nerveux et querelleurs. Ils passaient le temps à boire et à jouer jusqu'au moment où éclatait une rixe qui pouvait dangereusement dégénérer. Le jour où on vint lui apprendre qu'il y avait eu mort d'homme, Brock se précipita en jurant et sacrant et pénétra en trombe dans le baraquement des brigands.

– Ecoutez bien ce que je vais vous dire, bande d'écumeurs de rivière à la manque! Vous pouvez vous taper dessus à tour de bras, je m'en fous pas mal... mais je vous interdis d'utiliser une arme! Je ne veux pas de cadavre! Nous allons avoir besoin de tous les hommes disponibles pour tenter un grand coup contre Jeb Hawkins... Alors, le prochain que je surprends armé, je l'abats comme un chien, de ma propre main! Avez-vous bien compris, bande de bâtards?

– C'est pa'ce qu'on a trop de temps à rien fair', m'sieur Brock, gémit l'un d'eux. On sait pus quoi faire!

– Dès que les péniches de ce salaud de Hawkins vont descendre le fleuve, vous l'aurez, votre content d'occupation! lança Brock d'un ton irrité.

– Ça vous est facile à dire comme ça, grogna un autre, pa'ce que vous avez une fille à baiser dans vot' cabane... Nous, on en voudrait une aussi... Avant, on nous laissait des filles...

– Eh bien, cette fois, c'est différent, bougres de bons à rien! Je ne veux pas risquer une pareille attaque en laissant derrière nous une troupe de femelles hystériques, prêtes à tout raconter. Quant à moi, je suis votre chef. Je fais ce qu'il me plaît, Nom de Dieu, est-ce clair...? (Il avait tiré son pistolet de sa ceinture.) Si l'un d'entre vous a encore quelque chose à dire, je l'écoute!

Ils se réfugièrent tous dans un mutisme apeuré, sachant d'expérience qu'il n'hésiterait pas à abattre le premier qui ouvrirait la bouche.

Brock vivait, c'était exact, avec une fille de taverne ramenée du Swamp, la boîte la plus mal famée de Saint Louis. Une blonde plantureuse, dépourvue d'éducation, mais débordante d'entrain en amour. Toujours prête à satisfaire Brock... et même au-delà!

A peu de temps de là, alors qu'ils achevaient de faire l'amour, des coups de poing impérieux ébranlèrent la porte.

Brock roula de côté, releva la tête, incrédule, puis beugla :

– Qu'est-ce que c'est, nom de Dieu? Pas moyen qu'on nous fout' la paix cinq minutes?

– C'est Jethro, Giles! (C'était la voix de Rhys Pommet.) Il apporte des nouvelles de Saint Louis.

En alerte, Brock se redressa.

– J'arrive! cria-t-il à la cantonade en rassemblant ses vêtements épars.

La femme s'était endormie, amas de chairs impudiques. Il lui faudrait la renvoyer avant de se jeter dans cette entreprise décisive, dont il désirait qu'elle ignorât tout. Car, si d'ordinaire, il mettait un point d'honneur à faire connaître ses exploits, si monstrueux fussent-ils, cette fois il redoutait les réactions que provoquerait l'assassinat de Jeb Hawkins. Chacun le respectait et le tenait en haute estime.

Accompagné de Pommet, il rejoignit les hommes rassemblés au grand complet dans le bâtiment de rondins. Dès qu'il entendit le pas du maître, Jethro tourna vers lui son sourire édenté.

– Il a quitté Saint Louis, monsieur Brock. Jeb Hawkins il est parti descendre le fleuve!

– Quelle avance as-tu prise?

– J'ai quitté la nuit d'avant quand j'ai su qu'y partait le lendemain. J'ai galopé comme le vent pour arriver ici...

– Ça nous laisse combien de temps ça, bon Dieu?

– Deux jours... peut-être un jour et demi...

– Très bien!

Brock se tourna vers les hommes, les mains sur les hanches et les harangua :

– A présent, vous n'allez plus me casser les oreilles avec vos histoires, bande de rats! Préparez-vous à embarquer à bord des péniches. De l'occupation, vous allez en avoir plein les mains! Je vais placer une sentinelle qui nous avertira de l'arrivée de Jeb Hawkins. Le moment est proche de montrer de quoi vous êtes capables pour remplir vos poches!

Durant chaque voyage, Jeb plaçait une vigie qui veillait vingt-quatre heures sur vingt-quatre et avait pour instruction de lui rapporter toute anomalie, si insignifiante qu'elle fût. Cette fois, il se montrait plus préoccupé encore, convaincu que Giles Brock préparait un coup d'envergure. Paradoxalement, il en arrivait presque à le souhaiter, s'estimant prêt à affronter toute attaque. Il voulait en finir tant était grande sa hâte de rejoindre la Nouvelle-Orléans, où il espérait retrouver Sarah.

Depuis sa conversation avec Fortier, Jeb passait de la gaîté la plus folle à la perspective de la revoir à la mélancolie la plus noire en songeant qu'elle n'avait rien tenté pour le rencontrer. Pour quelle raison? La mort de ce... Sean Flanagan l'avait-elle si profondément affectée qu'elle eût renoncé à l'idée de le revoir? Ou bien, tout simplement, Sarah l'avait-elle oublié? Ses incessantes sautes d'humeur faisaient de Jeb un piètre compagnon pour Hester; il s'en rendait compte lui-même.

Grâce à un caractère heureux, Hester supportait ses accès de mélancolie et ne se plaignait que peu ou pas.

Un jour pourtant, à l'heure du repas, alors qu'ils avaient quitté Saint Louis depuis près d'une semaine, elle se risqua à parler.

– Quelque chose vous tracasse, mon chéri... Vous vaquez à vos occupations avec des airs de fantôme et quand je vous adresse la parole, je n'obtiens pas plus de réponse que si je parlais à vos mules. Cela ne vous soulagerait-il pas de partager avec moi votre souci? Ou bien a-t-il un caractère strictement personnel?

– Je suis désolé, madame, murmura-t-il sur un ton de regret sincère. C'est, en effet, très personnel, mais...

Il prit brusquement la décision de tout lui raconter. Depuis trop longtemps il remâchait ses tourments sans oser les exprimer.

– Nous nous sommes mis d'accord, dès le début de nos relations, sur le respect de notre liberté individuelle. Rien d'autre ne nous lie... qu'un plaisir partagé... Ainsi en étions-nous convenus, n'est-il pas vrai?

Une expression de tristesse voila un bref instant le regard de la jeune femme. Quelques secondes plus tard, elle souriait de nouveau. Elle tendit le bras au-dessus de la table et lui effleura la main.

– Vous avez raison, Jeb Hawkins. Bien que j'aie pour vous beaucoup d'affection et que je trouve d'infinies satisfactions à vivre à vos côtés, j'ai assez de bon sens, croyez-le, pour ne pas tenter de vous arracher à votre maîtresse!

– Ma maîtresse? s'exclama-t-il en relevant la tête, l'air intrigué.

Hester laissa fuser un petit rire.

– Le Mississippi est votre maîtresse, Jeb, expliqua-t-elle avec un geste en direction du hublot.

– Ah... vous voulez dire... Peut-être avez-vous raison dans un sens. (Il vida son verre de vin et alluma un cigare à la chandelle qui brûlait sur la table.) Puisqu'il en est ainsi, je vais vous conter l'histoire de Sarah Moody.

Hester l'écouta avec une profonde attention, le menton reposant sur ses mains réunies, les deux coudes joints sur la table.

Quand il eut terminé, elle se redressa avec un petit sourire.

– Mon Dieu! Quelle histoire romantique!

Il s'attendait à découvrir sur son visage une expression de moquerie. Il ne vit passer sur les traits de la jeune femme qu'une mélancolie légère.

– Romantique... mais triste aussi. Vous la retrouverez, c'est certain. Il faut que vous la retrouviez! Ainsi connaîtrez-vous enfin le bonheur.

– Je n'en suis pas aussi sûr, Hester. Je ne nourris plus aucune certitude à l'égard de ses sentiments envers moi.

– Vous vous faites des reproches, n'est-ce pas? Vous vous rendez responsable des malheurs de cette pauvre femme?

– D'une certaine manière, oui! Je ne puis nier que ses ennuis ont commencé dès l'instant où elle a posé le pied sur mon navire.

– Je crois surtout que vous connaissez très mal les femmes, Jeb Hawkins. Si elle vous aime – et je suis convaincue qu'elle vous aime –, elle vous a depuis longtemps pardonné.

Il ébranla la table d'un coup sec du plat de la main.

– Si c'est vrai, pour quelle raison n'a-t-elle pas cherché à me revoir à son retour? Par Jéhovah, elle sait pertinemment que mon existence se passe sur cette satanée rivière et il lui eût été facile de me faire transmettre un message!

– A cet égard, je ne sais trop... Peut-être a-t-elle jugé peu digne d'elle de vous poursuivre de ses assiduités. Vous me l'avez décrite comme une femme qui...

A cet instant, on frappa à la porte et la voix d'Ezra Boggs se fit entendre :

– Capitaine Hawkins!

Jeb se leva aussitôt, marcha jusqu'à la porte et l'ouvrit :

– Qu'y a-t-il, Ezra?

– Deux péniches viennent brusquement d'apparaître dans le paysage depuis que nous avons dépassé Cottonwood Creek, expliqua le petit homme. Cela nous paraît drôlement louche.

On savait de longue date que Giles Brock et ses pirates avaient établi leur quartier général dans la crique bien abritée de Cottonwood. Jeb sentit son sang battre très fort dans ses veines.

– Je viens tout de suite, Ezra! En attendant, va faire signe à l'autre péniche de se ranger contre la nôtre.

Un large sourire s'épanouit sur le visage de Boggs.

– On va leur préparer une bonne surprise, hein, capitaine?

– S'il s'agit bien de ce que je pense... ça va leur

causer une surprise, en effet. Maintenant, va vite!

Boggs se hâta le long de la coursive, Jeb se retourna vers l'intérieur de la cabine.

– Vous resterez ici, Hester. Vous serez plus en sûreté.

– Oh! Jeb, j'aurais voulu regarder! protesta la jeune femme, les yeux brillants.

– Vous resterez dans cette cabine, madame! Comme toutes les autres femmes qui sont à bord!

Jeb prit un nouveau cigare et l'alluma. Ensuite il saisit dans un coffre deux pistolets chargés qu'il coinça dans sa ceinture. Parvenu sur le pont, son regard se posa aussitôt sur le second bâtiment. Tim, qui en avait le commandement, tenait le gouvernail tandis que les rameurs souquaient ferme pour amener leur péniche au niveau de la première. Jeb hocha la tête, en manière d'approbation muette, et se tourna vers le nord. Deux petites péniches descendaient le courant derrière eux, avec l'intention manifeste de les rattraper. Elles avaient un aspect banal et rien ne distinguait leur équipage des équipages ordinaires. Mais Jeb n'ignorait pas quelle troupe de pirates armés jusqu'aux dents pouvait dissimuler la longue cabine construite à fleur de pont. Il savait également que les ballots rangés sur le pont et recouverts d'une bâche pouvaient simuler une fausse cargaison.

En toute autre circonstance, Jeb aurait stimulé ses hommes et aurait fait forcer sur les avirons et les perches, car tels étaient le dynamisme et l'entraînement de ses marins qu'il lui aurait été possible de distancer n'importe quelle autre péniche. Seulement, il avait l'intuition, cette fois, d'avoir affaire à Giles Brock et à sa bande, et malgré sa hâte d'arriver à la Nouvelle-Orléans, il désirait mettre en œuvre le plan qu'il avait conçu. Car s'il réussissait, les eaux du Mississippi seraient pour longtemps débarrassées de la menace de ce redoutable individu.

Le seconde péniche se trouvait maintenant à portée de voix.

– Qu'en penses-tu, Tim? demanda-t-il à mi-voix, d'un bord à l'autre.

– C'est Giles Brock, capitaine! déclara le garçon en secouant la tête avec conviction. Avez-vous remarqué l'homme qui se tient auprès du barreur, sur le bateau de droite? Il fait la roue, comme un paon, dans son bel habit... Ce ne peut être que Giles Brock!

– Tout à fait de cet avis, Tim. Tu sais ce qu'il te reste à faire!

Jeb retourna à l'arrière de sa péniche et, le pied nonchalamment posé sur un objet cylindrique recouvert d'une bâche, il fuma son cigare, sans perdre l'ennemi de vue un instant.

Lorsque les poursuivants se furent suffisamment approchés, Jeb fit signe aux deux hommes qui attendaient debout derrière lui, tout en reculant légèrement pour leur laisser le champ libre. Les marins retirèrent la bâche qui dissimulait un canon de quatre livres, bien arrimé par de fortes chaînes destinées à briser le recul. Non seulement Jeb avait eu l'idée d'armer ses péniches de canons mais, en outre, il avait fait subir un entraînement poussé aux hommes qui en avaient la charge.

Tandis que les canonniers tassaient la poudre dans l'âme, Jeb s'assura qu'une opération identique s'effectuait sur la péniche voisine. Puis, reportant son regard sur l'assaillant, il constata qu'il avait gagné un terrain considérable. D'une voix posée, il demanda :

– Etes-vous prêts?

– Parés à tirer, Jeb, répondit l'un des hommes.

– Bien! Apprêtez-vous à recharger plus rapidement que vous ne l'avez jamais fait. Un boulet ne suffira sûrement pas... il en faudra deux pour les couler.

Au même instant, les pirates surgissaient des entrailles de la péniche, armés jusqu'aux dents. Dès que les hommes de Jeb, armés de fusils, eurent mis un genou au plancher pour ajuster leur tir, Jeb fit un signe de la main à l'intention de Tim. Ensuite, il alluma la mèche du canon avec son cigare. La fusillade éclata dans le même temps, mais la distance qui séparait les embarcations était encore trop grande pour que les balles atteignent leur but. Les deux canons rugirent simultanément. Jeb fit quelques pas de côté et se pencha par-dessus le bastingage afin de voir par-delà le nuage de fumée. Avec un grognement de satisfaction, il constata que les boulets avaient fait mouche, traversant la superstructure et vraisemblablement la coque aussi.

En tout cas, la canonnade avait semé la consternation parmi les hommes qui criaient et se bousculaient dans la plus grande confusion. Quelques-uns avaient déjà sauté par-dessus bord.

– Parés à tirer? Feu!

Une seconde fois Jeb appliqua l'extrémité incandescente de son cigare sur la mèche. Les boulets explosèrent à quelques secondes d'intervalle, fracassant, cette fois, les cabines.

Exécutant les instructions avec une précision d'hommes parfaitement entraînés, les marins de Jeb s'alignèrent à l'arrière de chacune des péniches et ouvrirent le feu sur les pirates qu'ils fauchèrent impitoyablement. Et, si grandes étaient la panique et la terreur dans les rangs adverses que pas un coup de fusil ne fut tiré dans leur direction. Tandis que les hommes de Jeb rechargeaient fusils et pistolets, le capitaine constatait avec satisfaction que les deux péniches coulaient rapidement. Les pirates, qui dans leur belle confiance n'avaient pas prévu de canots de sauvetage, sautaient à qui mieux mieux pardessus bord. Alors, Jeb leva les bras.

– Ne tirez plus mes amis! Inutile de gâcher poudre et balles, leur sort est réglé.

L'équipage poussa une clameur de triomphe.

– Tim? interogea Hawkins. Sais-tu ce qu'est devenu Giles Brock?

– Ma foi non, capitaine... dans toute cette

fumée et ce remue-ménage... il a suffi que je le quitte des yeux un instant pour qu'il disparaisse et j'ai perdu sa trace.

Avec une hargne farouche, étonnante chez un homme qui avait pour la vie humaine un respect sacré, Jeb souhaita de toutes ses forces que Giles Brock ait trouvé la mort dans l'échauffourée. Juste mais faible châtiment pour les crimes qu'il avait sur la conscience et les tourments infligés à la pauvre Sarah. En tout cas, quel que fût le sort de Brock, la troupe de pirates avait fait long feu. Plus de la moitié d'entre eux avaient été tués et les autres qui s'étaient enfuis chercheraient sans doute dans l'avenir un emploi moins dangereux...

L'un après l'autre, les passagers reparaissaient sur le pont.

– Tout est terminé, mesdames et messieurs! Vous ne courez plus aucun danger! déclara Jeb d'un ton rassurant.

Quelques minutes plus tard, Tim ayant replacé sa péniche dans le sillage de celle du capitaine, les deux embarcations filaient bon train en direction de la Nouvelle-Orléans où Jeb avait plus que jamais hâte d'arriver. Pourrait-il apprendre à Sarah la bonne nouvelle de la disparition de Giles Brock?

Quand le premier boulet avait frappé, la réaction de Giles Brock avait été l'incrédulité. Un canon monté sur une péniche? Qui avait jamais entendu parler d'une pareille invention?

Il n'était pas encore remis de sa stupeur que se produisait la seconde explosion. Elle fit naître en lui une peur terrible, telle qu'il n'en avait jamais connue : celle de crever dans les secondes qui allaient suivre comme un rat pris au piège. Il se ressaisit cependant et se mit à crier des ordres, essayant de rameuter les hommes qui couraient et gesticulaient en proie à la panique. Pas un ne l'entendit, pas un ne lui accorda la moindre attention. C'est alors qu'éclata la fusillade. Tournant la tête vers la seconde péniche, il vit son inséparable homme de main, Rhys Pommet, s'affaisser comme une poupée de chiffon et glisser ensuite dans l'eau, tête renversée en arrière.

La terreur reprit possession de Brock à la vue de l'eau du fleuve qui tourbillonnait, de plus en plus proche. Il avait toujours eu peur de l'eau et n'était qu'un piètre nageur. Pourtant, la péniche s'était inclinée et s'enfonçait rapidement. Alors, il ferma les yeux, se pinça les narines d'une main et sauta, tout debout dans l'eau. Quand il reparut, toussant, crachant, les deux bateaux avaient disparu, laissant la surface du fleuve jonchée de débris de toute sorte. Quelques survivants se débattaient encore, luttant pour atteindre le rivage. Brock s'empara d'un aviron qui flottait tout près de lui et se mit à nager vers la rive.

Longtemps il resta étendu sur la rive boueuse, le visage écrasé contre le sol. Quand il se redressa en s'aidant de l'aviron qu'il n'avait pas lâché, il vit l'un de ses hommes sortir de l'eau et se diriger vers lui, les vêtements ruisselants. Il tenta vainement de mettre un nom sur ce visage. Ne lui revint que le prénom, Walt.

Prenant toujours appui sur l'aviron, Brock réussit à se mettre debout. Il grimaça une sorte de sourire.

– En bien... ma foi... On a l'impression que... qu'on a pris une raclée, ce coup-ci. Mais la prochaine fois, ce sera différent, je t'en donne ma parole. La prochaine fois, nous irons...

– La prochaine fois? cracha l'homme avec un rictus de mépris. Il n'y aura jamais de prochaine fois, salopard! Ni pour moi ni pour la plupart des hommes. Tu sais pas pourquoi? Parce qu'ils sont morts et leurs corps perdus au fond de ta satanée rivière! Et à qui la faute? A toi qui commandais! A toi qui savais tout mieux que les autres! Même le pauvre Rhys a péri!

– Attends un peu avant de t'emporter, protesta Brock d'un ton étrangement conciliant. Comment aurais-je pu deviner que ce salaud de Hawkins avait armé ses péniches de canons?

Walt ricana avec amertume.

– Tu as toujours prétendu tout savoir! Nous allions être, disais-tu, les maîtres du fleuve, les pirates les plus riches de la région. Mais après ce qui s'est passé aujourd'hui, il n'y aura plus un homme pour accepter un ordre de toi. Alors, salut, Brock! Moi je fous le camp, je vais chercher un coin plus sûr.

Les paroles amères de cet ancien complice firent couler une fureur noire dans les veines de Brock, bien qu'il fût obligé de lui donner raison.

Il avait compris sa défaite dès l'instant où le premier boulet avait ravagé le pont de sa péniche. Il savait que Pommet disparu, sa bande dispersée, tout était fini pour lui. A la pensée de Jeb Hawkins, une nouvelle bouffée de colère l'empoigna à la gorge, l'étouffant presque. Au moment où Walt commençait à s'éloigner, Brock, aveuglé par la rage, lança sur lui l'aviron qu'il tenait toujours. Le crâne de l'homme éclata avec un bruit atroce, il avança encore de quelques pas, comme un automate, et s'écroula, face dans la vase, mort avant d'avoir touché le sol.

– C'est moi qui commande ici, saloperie de bon à rien! hurla Brock. Personne n'a jamais osé me parler comme tu viens de le faire, tu m'entends? Et que ton exemple serve de leçon aux autres! Aucun de mes hommes ne m'a jamais désobéi!

Ne recevant aucune réponse, n'entendant d'autre bruit que le froissement de l'eau qui coulait à quelques pas, il promena autour de lui un regard égaré.

Il se ressaisit, au prix d'un immense effort, se rendant compte qu'il venait de frôler la folie... Mais n'y avait-il pas de quoi devenir fou? Une fois encore, Jeb Hawkins avait annihilé ses espoirs et ses ambitions. Eh bien, dût-il y laisser sa peau, sa détermination était prise : Jeb Hawkins paierait le mal qu'il lui avait fait!

Revenant à de plus immédiates préoccupations, Brock fit le point. Il se trouvait à l'extrême pointe de Cottonwood Creek; il pourrait donc arriver avant les autres au campement, s'il se dépêchait. Il y trouverait des chevaux et pourrait puiser à sa guise dans la réserve d'armes. Il se mit en route en élaborant la conduite à suivre. Il fallait absolument atteindre la Nouvelle-Orléans avant l'arrivée de Jeb Hawkins. Pour cela deux chevaux lui seraient nécessaires. Et deux pistolets, bien entendu!

Quand il l'aurait retrouvé dans la grande ville, il le filerait jusqu'à ce que l'occasion se présente de l'abattre par-derrière. Et, cette fois, il prendrait la précaution de s'assurer de la mort de son irréductible ennemi.

25

L'affluence des bateliers chaque jour plus nombreux à la Nouvelle-Orléans, avait rendu nécessaire la multiplication des lieux de plaisir où ils pussent se distraire et donner libre cours à leur soif de jeu, de boisson et de femmes. Très vite, dans Front Street, s'étaient dressées des baraques où le bar précédait toujours la salle de jeu.

Par la suite, un autre quartier de plaisir s'imposa par les avantages qu'il offrait. On l'appelait le Swamp. Plus populaire que Front Street, le Swamp proposait un rassemblement de saloons, tripots et bordels construits de bric et de broc en rondins mal équarris et en bois flotté récupéré sur les radeaux. On pouvait aussi attribuer la popularité du Swamp au fait qu'aucun officier de police n'osait s'y aventurer, ce qui n'était pas le cas pour Front Street.

Cette situation contrariait considérablement les gens de qualité qui, eux aussi, raffolaient de tous les jeux mais renonçaient à s'y adonner s'ils étaient contraints pour cela de s'aventurer dans des quartiers dangereux.

Le premier établissement à proposer une salle de jeu qui convînt à la gentry ouvrit ses portes à quelque distance au sud de Front Street. C'était un bâtiment à deux étages, connu sous le nom de Katie Casino, qui offrait, en outre, une cuisine de qualité à ses clients. Non seulement tout amateur de bagarre ou de duel eût été mal vu en cet endroit, mais on peut même affirmer qu'il n'y aurait pas eu accès : le portier, un Cajun de six pieds six pouces, solidement bâti, montait une garde vigilante et s'y entendait à sélectionner son monde. Autant de raisons qui attiraient au Katie les dandys qui savaient y trouver seuls, ou en compagnie de leur maîtresse, un dîner raffiné et une table de jeu réputée.

L'intérieur était arrangé avec un goût sans défaut : un mobilier luxueux, des murs ornés de toiles de prix.

A l'inverse des autres saloons, le Katie Casino baignait dans un silence feutré. On n'y percevait que le murmure de conversations étouffées, le roulement des dés dans le cornet ou le cliquetis de la roulette. Une jeune pianiste au physique avenant contribuait à créer une ambiance discrète, tantôt dans la salle à manger, tantôt au salon où se réunissaient ceux qui ne jouaient pas. Il n'y avait pas de bar. Des serveurs circulaient parmi les groupes et prenaient commande. Les jeux les plus prisés étaient le pharaon, la roulette et le quatre-cent-vingt-et-un. Par une astucieuse et délicate attention, la propriétaire des lieux tenait des petits salons privés à la disposition des clients qui ne souhaitaient pas être surpris en train de jouer au baccara ou à l'écarté.

Seuls quelques initiés savaient que la maîtresse des lieux – une splendide créature aux yeux violets – se nommait Sarah Moody. La plupart de ses clients l'appelaient familièrement Katie et jamais elle n'avait pris la peine de les détromper.

Dès son arrivée à la Nouvelle-Orléans, deux ans plus tôt, Sarah s'était très vite aperçue qu'il n'existait aucun établissement susceptible d'offrir des loisirs de qualité aux bourgeois de la ville.

Elle décida d'orienter son activité dans ce sens. Avec l'argent que Sean lui avait laissé, elle acheta un immeuble de deux étages qu'elle aménagea sans lésiner. Elle embaucha ensuite un personnel stylé pour les tables de jeu : les leçons de Sean lui permirent de sélectionner les candidats avec une infaillible sûreté. Elle avait également engagé un chef français, arrivé Dieu seul savait pourquoi, sur les rivages de la Nouvelle-Orléans.

Aucune publicité n'avait été nécessaire : la réputation de l'établissement s'était faite de bouche à oreille. Au point qu'il lui arrivait fréquemment de refuser du monde. Sans regret, car elle avait tout de suite compris que l'intimité feutrée qui faisait le succès de son établissement se perdrait, si elle ouvrait trop largement ses portes.

Dès l'ouverture du casino, elle fut assidûment courtisée par la jeunesse de la ville. Et elle élimina impitoyablement tous les soupirants. Dans les débuts, elle avait pris l'habitude de diriger, en personne, une table de jeu, durant les dernières heures de la soirée, devinant que c'était ajouter un attrait supplémentaire à son établissement. A présent, raffinant sur la mise en scène, elle n'apparaissait plus que pour la dernière partie de roulette dont elle tenait la banque juste avant la fermeture. Elle ouvrait à 7 heures du soir et fermait à minuit.

Peu de temps après l'ouverture du casino, les puritains de la Nouvelle-Orléans signèrent une pétition réclamant la fermeture de ce lieu de débauche. Mais, le gouverneur lui-même, joueur acharné, étouffa l'affaire et Sarah, pour apaiser les esprits, décida que le repos du dimanche serait respecté.

Or, autant elle savourait le succès qui couronnait ses efforts, autant ces dimanches de liberté l'enchantaient, surtout depuis qu'elle les vivait en compagnie de Randolph Colter, qui était entré dans sa vie quelques mois auparavant. Sarah avait acheté un tilbury attelé de deux superbes chevaux, qui lui permettait de fuir chaque fin de semaine la puanteur de la ville pour goûter les joies de quelque pique-nique campagnard à l'ombre des cyprès.

Elle ne s'était pas encore accoutumée aux habitudes répugnantes des habitants de la ville qui vidaient leurs ordures au milieu des rues, les livrant à la voracité des porcs errant en liberté. Par ailleurs, les rues n'offraient aucune sécurité pour une femme seule.

Rand Colter était un beau garçon d'une trentaine d'années à peine, aux cheveux bruns et bouclés. Un sourire aimable éclairait son visage un peu veule de débauché. Sarah ignorait à peu près tout de son passé, sinon qu'il avait reçu une éducation soignée dans une honorable famille depuis longtemps installée en Virginie. Il buvait trop et Sarah devina que quelque scandale avait contraint sa famille à l'exiler. Même en état d'ivresse, ou peut-être à cause de cela, Rand raflait de fortes sommes aux tables de jeu. Vis-à-vis de Sarah, il se montrait charmant et la courtisait avec une discrétion qui contrastait avec la hardiesse intempestive de ses jeunes concitoyens. On peut même penser que les choses en seraient restées là si, un soir, l'un de ces freluquets ne s'était montré particulièrement odieux avec elle. Il s'agissait de l'héritier de l'une des plus riches familles de la ville, un certain Kirby Grant, d'une insupportable fatuité auprès des femmes. Y compris de Sarah qu'il harcelait.

Ce soir-là, donc, lorsqu'elle descendit pour diriger la dernière partie de roulette, il lui barra le passage et la retint contre le mur. Il avait bu et ses joues étaient écarlates.

– Pourquoi m'évitez-vous continuellement, madame? Vous vous comportez avec moi comme si j'étais atteint de la peste!

– Je ne vous traite ni mieux ni plus mal que mes autres clients, monsieur, rétorqua-t-elle froidement.

– Vous vous prenez sans doute pour une dame de haut rang, ricana-t-il. Vous, la tenancière d'une maison de jeu...

Sarah décida de rester calme.

– Vous êtes dans une maison convenable, monsieur, où des gentilhommes et des gens de qualité peuvent venir dîner et jouer, comme ils l'entendent.

– Savez-vous ce que je pense? Mon opinion est qu'une tenancière de maison de jeu ne vaut pas plus qu'une patronne de bordel! Et, sans doute, seriez-vous plus à votre place dans le Swamp!

D'un geste vif, Sarah le gifla à toute volée.

Kirby Grant porta la main à sa joue brûlante, et très vite, sur son visage, l'incrédulité fit place à la colère. Il empoigna la jeune femme par le bras et la secoua.

– Ce lamentable ivrogne essaie-t-il de vous importuner, madame? demanda nonchalamment une voix ironique dans leur dos.

Sarah tourna la tête et découvrit Randolph Colter qui s'était approché sans bruit.

– Oui, en effet, dit-elle d'un ton résolu.

– Dans ce cas, monsieur, je vous prierai de laisser madame, immédiatement, ordonna Rand Colter avec une sécheresse menaçante.

– De quoi vous mêlez-vous? bafouilla Kirby Grant en lâchant le bras de la jeune femme.

– Je me mêle de ce qui regarde tout gentilhomme qui surprend un ivrogne en train d'importuner une dame.

– Un gentilhomme, vous? Laissez-moi rire! Je vous connais, débauché, pilier de roulette! Quant à celle-ci, ajouta-t-il en désignant Sarah d'un hochement de tête méprisant, ce n'est qu'une putain!

Rapide comme l'éclair, Rand gifla son interlocuteur à toute volée, avec la paire de gants qu'il tenait serrée dans sa main gauche.

Grant devint pâle de rage contenue.

– Vous paierez ceci de votre vie, monsieur...!

– Vous me provoquez en duel, si je comprends bien? Voulez-vous que nous nous rencontrions demain à l'aube, sous les deux chênes?

Kirby Grant recula machinalement d'un pas, soudain dégrisé. Il passa la langue sur ses lèvres desséchées, puis désigna Sarah d'un geste théâtral :

– Elle ne vaut pas qu'un homme meure pour elle, fût-ce vous, Colter!

– A votre gré, monsieur, répliqua sèchement Rand.

Et, comme l'autre tournait les talons, il ajouta d'une voix métallique lourde de menaces :

– Mais je dois vous avertir que si jamais je vous surprends en train d'adresser la parole à madame, c'est moi qui vous provoquerai...

Kirby Grant lui lança un regard rageur puis, la tête droite, il quitta la pièce. Sarah poussa un soupir.

– Dieu soit loué, l'affaire a tourné court! Je ne me serais pas pardonné d'être la cause d'un duel. Mais je vous remercie infiniment, monsieur, d'être venu à mon secours. Il commençait à devenir odieux!

– Tout le plaisir était pour moi, madame, répondit-il en s'inclinant légèrement. Je m'appelle Randolph Colter.

– Oui, je sais qui vous êtes. Je mets un point d'honneur à connaître au moins le nom de famille de mes hôtes familiers. Je m'appelle Sarah Moody.

– Tiens! constata-t-il, une lueur amusée dans le regard. Ce n'est donc pas Katie... Je trouvais aussi que ce prénom ne vous convenait... qu'à demi, madame. Mais, dans ce cas, pourquoi avoir ainsi baptisé ces lieux?

Sarah sourit, mélancolique.

– Pour une raison qui doit demeurer mon secret. (Elle posa sur lui un regard intrigué.) Dites-moi... auriez-vous réellement risqué votre existence pour l'honneur d'une femme dont vous ne connaissez même pas le véritable nom?

Il haussa les épaules, désabusé.

– Voilà une singulière attitude... (Elle se décida soudain, poussée par quelque obscur instinct.)

Accepteriez-vous de partager mon souper, après la fermeture, monsieur Colter?

Il la considéra avec surprise, puis un sourire charmeur éclaira ses traits.

– Ce serait pour moi un immense plaisir, madame!

Déjà Sarah commençait à regretter d'avoir obéi à son impulsion. Elle s'effrayait à l'idée de se retrouver seule avec un homme dans ses appartements. Quand les jeunes séducteurs de la Nouvelle-Orléans avaient tenté de jeter leur dévolu sur elle, elle les avait toujours découragés. Elle ne voulait plus avoir affaire à un homme. A aucun homme. Elle avait trop souffert par leur faute.

Et puis, à la longue, ses réticences s'étaient faites moins vives et les exigences d'un corps sain et vigoureux avaient commencé à la tourmenter. Souvent, elle se surprenait à penser à Jeb Hawkins, mais à quoi bon? Non seulement il était amoureux d'une autre femme, mais encore il y avait fort à parier qu'elle ne le reverrait jamais. Ne fût-ce que parce qu'il n'était pas homme à fréquenter un établissement comme le Katie Casino. Elle s'aperçut d'ailleurs bien vite que ses craintes concernant Rand n'étaient pas fondées. Il se conduisit en parfait gentilhomme, charmant, spirituel, et la fit rire ou sourire durant la plus grande partie du souper. Assez étrangement, il lui rappelait un peu Sean. Non point physiquement, mais parce que, comme Sean, il usait à l'égard de lui-même d'une sorte d'ironie autodestructrice. Là s'arrêtait d'ailleurs la ressemblance, car elle devinait chez Rand une froide cruauté dont elle devait par la suite vérifier la réalité.

Rand aborda au cours de la conversation d'innombrables sujets, sauf un : ses origines. Il ne fut pris de court que lorsqu'elle lui demanda d'où il venait.

– Je suis originaire de Virginie, madame, répondit-il avec une brièveté significative.

Il n'esquissa aucun geste audacieux et ne tenta rien ce soir-là. Ils ne devaient devenir amants que plus tard, après qu'elle lui eut confié la gérance de son entreprise.

Son affaire avait, en effet, pris des proportions telles qu'il lui devenait impossible de la gérer seule. A la suite de ce souper en tête à tête, l'idée d'utiliser les services de Rand fit lentement son chemin dans son esprit. Elle l'invita à deux reprises encore, au cours des semaines qui suivirent et s'étonna qu'il ne se montrât pas plus pressant. Elle ne put même s'empêcher de remarquer, à son corps défendant, qu'elle s'en offensait.

Quoi qu'il en fût, le comportement de Randolph Colter se modifiait. S'il continuait à jouer gros jeu, il buvait de moins en moins. Il arrivait à jeun à leurs petits soupers et ne buvait jamais plus de deux verres de vin.

Elle l'invita une quatrième fois et, tandis qu'ils attendaient qu'on les servît, entra dans le vif du sujet :

– J'ai remarqué que vous buviez moins, Rand. Ce changement de conduite est-il volontaire? Non point que je désapprouve, au contraire, s'empressa-t-elle d'ajouter.

– Vous avez raison, madame. Vos observations sont exactes mais je suis incapable de vous fournir une explication claire. Il me semble... disons que je n'ai plus les mêmes raisons de m'adonner à la boisson. Par ailleurs, acheva-t-il galamment, il serait malséant de venir souper en état d'ébriété avec une dame de qualité...

Sarah se sentit rougir.

– Merci pour le compliment, mais croyez que ce n'était pas ce que je recherchais. Ma question s'inspirait d'un motif sérieux.

– Et lequel donc, Sarah?

– J'ai besoin... Ma foi, il me faut quelqu'un pour m'aider à diriger l'établissement.

– Et c'est à moi... que vous offrez le poste? demanda-t-il avec un étonnement sincère. Moi, un exilé, un libertin, un débauché, un joueur, un ivrogne! Auriez-vous perdu la raison, madame?

Elle rejeta ces objections d'un léger mouvement de la main.

– Les défauts que vous énumérez m'importent peu. Je vous ai observé avec attention, Rand Colter, et j'ai acquis la certitude que vous seriez capable de remplir parfaitement cette fonction. En outre, je pourrais y trouver mon compte... Avec votre façon de gagner au jeu, vous seriez bien capable de me mettre un jour au seuil de la banqueroute! (Elle plongea son regard dans le sien.) Acceptez-vous mon offre, Rand?

Le jeune homme se passa la main sur le visage. Lentement.

– Moi, Randolph Colter, responsable d'une maison de jeu! Le jour où ils apprendront cela en Virginie! (Il rejeta la tête en arrière et partit d'un grand rire. Puis, redevenant soudain sérieux :) Si tel est votre bon plaisir, madame!

– C'est en effet ce que je désire... et je vous paierai...

– Ce n'est là qu'une question secondaire. Nous réglerons ces modalités par la suite. (Il plissa le front, pensif.) Vous disposez là d'une belle affaire à laquelle vous avez certainement consacré beaucoup de réflexion et de soin. Si je l'osais, je vous ferais une suggestion...

– Dès l'instant où vous acceptez, je suis disposée à écouter toute espèce de suggestion.

– La clientèle devient de moins en moins maniable, Sarah. Pourquoi ne pas transformer l'établissement en club privé dont l'accès serait réservé aux seuls membres? Vous avez déjà réussi à écarter la faune des mariniers, mais si seuls des gens triés sur le volet étaient autorisés à dîner et jouer ici, je pense que l'affaire deviendrait beaucoup plus lucrative. Un cercle privé et restreint ne peut que séduire la classe fortunée...

Sarah sourit en battant des mains.

– Voici une très bonne idée, Rand.

– Alors une autre suggestion, pendant que

nous y sommes... (Il marqua une hésitation.) J'ignore quelle raison vous a poussée à choisir le nom de Katie pour en faire votre raison sociale... Mais il lui manque la distinction qui serait nécessaire en la circonstance. Pardonnez-moi, mais cela ressemble un peu trop à un nom de maison close... (Il esquissa une petite moue.) Et je souhaiterais que nous lui trouvions un autre nom qui...

– Inutile, coupa-t-elle avec une véhémence qui le prit au dépourvu, je ne changerai pas le nom. Pour des raisons qui me sont personnelles. Je suis prête à écouter toutes vos propositions présentes et à venir, mais je ne changerai jamais le nom de Katie...

Une expression de contrariété haineuse passa sur le visage de Rand, mais, presque aussitôt, ses belles lèvres s'étirèrent en un sourire amusé.

– Quelqu'un vous a-t-il jamais dit, Sarah Moody, que vous êtes une femme singulièrement entêtée?

– Oui, certes, répondit-elle avec gravité, quelqu'un dont je conserve un souvenir ineffaçable.

Comme elle l'avait pressenti, la prise de fonction de Rand Colter s'effectua sans heurt. Et il cessa de boire. Veste de brocart sur chemise blanche à jabot de dentelle, culotte chatoyante, bottes noires scintillantes, il jouait son rôle d'hôte à la perfection. Si un joueur malchanceux menaçait de se montrer désagréable ou si quelque habitué devenait bruyant pour avoir trop bu, Rand intervenait et réussissait à éliminer le fâcheux avec tant de doigté et de délicatesse que l'éviction passait inaperçue de tous, y compris de l'intéressé lui-même.

Un soir, deux semaines environ après qu'il eut pris ses fonctions, Sarah l'invita une nouvelle fois à souper. Ce fut ce soir-là qu'ils devinrent amants. Ce que d'ailleurs elle avait souhaité. Rand se révéla un amant viril, moins tendre sans doute que Sean, mais capable de lui donner un plaisir intense. Elle perçut chez lui quelque chose de cruel, une espèce de force brutale qu'il ne réussissait pas à dissimuler entièrement. Non qu'il l'eût contrainte le moins du monde, mais elle acquit la certitude en cette occasion que si une femme poussait trop loin le flirt avec Rand et refusait ensuite de satisfaire son désir, il serait capable de se montrer dur et blessant.

Lorsque le calme fut revenu, elle murmura :

– Peut-être me jugez-vous un peu légère de vous avoir invité à monter?

– Pas le moins du monde, ma chère! (Il y avait de l'ironie dans sa voix.) Depuis que vous êtes devenue ma... patronne, je ne me serais jamais risqué à vous faire la moindre avance. J'attendais qu'elle vienne de vous...

– Mais vous aviez la certitude qu'elle viendrait!

– Bien entendu, ma chère! Bien entendu! répliqua-t-il avec un petit rire.

Peu après, ils prirent l'habitude de quitter la ville chaque dimanche.

Ce dimanche de mai, le temps était superbe.

Sarah, la tête rejetée en arrière, les yeux clos, respirait avec délices l'air parfumé de ce début d'été. Rand, attentif au chemin, menait l'attelage d'une main experte.

Malgré le plaisir de la promenade, Sarah était soucieuse. Le caractère de Rand l'inquiétait – sa froideur, ses petites cruautés, occasionnellement sa franche brutalité.

Un aspect de sa personnalité s'était révélé durant la semaine passée : un serveur, un Noir, avait laissé tomber un plateau chargé de verres de champagne, éclaboussant plusieurs clients à un moment où l'affluence était particulièrement dense autour de la table de roulette. En fait, l'incident avait été volontairement provoqué par un client légèrement ivre qui avait tendu la jambe au moment où passait le serveur. Sarah avait observé la scène.

Rand n'avait pas réagi sur le moment, mais dès la fermeture du casino, il s'était mis à la recherche du Noir. Sarah, soupçonnant ses intentions, était demeurée à portée de voix.

Avec une rage qui l'avait réellement effrayée, elle l'avait vu foncer sur l'homme et le gifler.

– Ça t'apprendra à renverser les plateaux, sale nègre ! Et si jamais tu recommences, tu seras fouetté et chassé !

– Ça suffit comme ça ! avait dit Sarah, surgissant dans son dos.

– Qu'est-ce à dire, madame ?

Rand avait virevolté sur ses talons, tournant vers elle un visage de pierre. Même au plus fort de la colère, Rand contrôlait son expression.

– Je vous ai confié la gérance de l'entreprise, mais je ne tolérerai aucune brutalité à l'égard du personnel. Est-ce bien compris?

– Bien compris, madame, avait-il répliqué d'une voix glaciale. Avec votre permission, madame.

Et il s'était éloigné sans ajouter un mot. Depuis ce jour, ils n'avaient plus connu un moment d'intimité.

Sarah se demandait encore si l'habituelle promenade dominicale aurait lieu, quand Rand s'était présenté dans la cour avec l'attelage, à l'heure prévue.

Il l'avait aidée à monter dans la voiture avec les prévenances qu'elle était en droit d'attendre de lui et les quelques propos qu'ils échangèrent ensuite n'avaient aucun rapport avec l'incident.

Sarah continuait de réfléchir, d'analyser les rapports qu'elle entretenait avec Rand. S'abandonnant aux ardeurs d'une sensualité de nouveau éclose, elle s'était engloutie dans un océan de plaisir, sans rien écouter d'autre que les exigences longtemps frustrées de son corps.

Elle s'apercevait cependant que, durant toute la semaine, elle n'avait cessé de chercher, presque inconsciemment, le moyen de mettre un terme à leurs relations. D'une manière ou d'une autre, Rand en serait blessé, à plus forte raison si c'était elle qui décidait de la rupture. Elle avait cependant la certitude qu'il la trompait de temps à autre sans vergogne avec d'autres femmes. Rand demeurait une énigme à ses yeux et sans doute le resterait-il toujours. Pourtant, elle souhaitait vivement le voir poursuivre son travail de gérant auquel il s'entendait si bien.

Ils avaient laissé la ville loin derrière eux à présent. Rand tira sur les rênes et engagea la carriole dans un étroit chemin qui conduisait à leur habituel emplacement de pique-nique.

Rand arrêta les chevaux sous un gigantesque cyprès ruisselant de mousses et de lichens. Il sauta en bas du siège, fit le tour de la voiture et tendit la main pour aider Sarah à descendre. Il étendit ensuite une couverture sur le sol, dételа les chevaux et les conduisit à quelque distance pour les entraver. Sarah, confortablement installée, le dos appuyé contre le tronc du vieil arbre, laissait errer son regard pensif sur le fleuve immense.

A ce moment, elle aperçut deux péniches qui descendaient le courant, l'une derrière l'autre, séparées par une trentaine de mètres. Son cœur battit plus vite. Et si c'étaient les bateaux de Jeb? La distance lui interdisait évidemment toute certitude...

– J'ai bel et bien réussi à l'oublier! Je m'en suis rendu compte par moi-même à Saint Louis!

– Oublié qui, ma chère? demanda Rand avec un sourire moqueur.

Elle sursauta, vexée d'avoir été surprise à penser à voix haute.

– Rien d'important, fit-elle avec un petit geste

de dédain. Un personnage de mon passé que j'ai décidé d'oublier.

– Un homme, bien entendu?

Il s'étendit sur la couverture, tourné vers elle, le menton posé au creux de la main.

– Qu'est-ce qui vous fait penser cela?

– Qui, sinon un homme, pourrait hanter l'esprit d'une femme aussi adorable que vous?

D'une main presque distraite, il effaçait les plis de sa jupe tout en parlant. Ses longs doigts souples s'immobilisèrent sur sa jambe. Sarah réprima un frisson. Bien que Rand Colter eût cessé de la charmer, il conservait le pouvoir de l'émouvoir d'une simple caresse.

– A propos de votre passé, chère Sarah, poursuivit-il, vous savez, semble-t-il, vous envelopper de mystère. Vous ne m'avez dit de vous que votre origine londonienne. Mais depuis trois ans que vous vivez ici...

Elle prit le temps de se demander quelle serait la réaction de cet homme, si elle lui contait ne fût-ce qu'une partie de ses aventures. Elle se contenta de rétorquer froidement :

– A ce propos, monsieur Colter, je ne sais rien de vous, moi non plus.

– Bah! C'est une histoire assez sordide et plutôt triste dont je suis sûr que le récit ferait fuir une dame telle que vous.

Sarah eut l'intuition qu'il se moquait d'elle... et la certitude que, de toute façon, il lui mentirait. Elle haussa les épaules et déclara sèchement :

– Eh bien, gardez donc pour vous ce passé

sordide et triste, je ferai de même pour le mien!

– L'est-il donc aussi? murmura-t-il.

Sa main s'était glissée sous la jupe et ses doigts caressaient la chair nue. Il s'inclina sur elle, posa ses lèvres chaudes sur les siennes. Le temps d'un éclair, Sarah songea à se refuser, mais son corps était déjà consentant. Elle se laissa aller en arrière avec un soupir.

Cette fois, il se conduisit comme un rustre, lui meurtrissant le dos sur le sol dur à chacun de ses élans. Sarah éleva une protestation sourde, tenta de lutter, de se dégager. Alors, il l'empoigna par les épaules pour la clouer sous lui et poursuivit sa possession sauvage et égoïste. Elle le laissa continuer, passive, inerte, le visage détourné. Quand, enfin, il se rejeta sur le flanc, haletant, elle l'examina d'un regard sans indulgence et constata avec amertume :

– C'était un peu plus qu'un viol, Rand.

Il resta un moment silencieux.

– Peut-être est-ce vrai, admit-il enfin. Devrais-je l'ajouter à la liste déjà longue de mes péchés?

– Dois-je considérer cela comme des représailles parce que j'ai eu l'audace de vous tenir tête l'autre soir?

Il ne put retenir un grognement de surprise.

– Vous savez vous montrer particulièrement intuitive, Sarah Moody, et votre perspicacité me surprend. Dois-je m'excuser, madame?

– Les excuses ne sont pas de mise.

Sarah se redressa et rajusta ses vêtements :

– A présent, écoutez bien ceci : ce qui vient de se produire a mis un point final aux relations que nous entretenions.

– Je m'en doutais un peu, admit-il en se redressant à son tour. Cela signifie-t-il que je ne suis plus votre employé ?

– Certainement pas, c'est sans rapport. Vous êtes un gérant très compétent et je suis sûre que, votre charme aidant, vous n'aurez aucune difficulté à vous trouver une autre compagne.

– Vous êtes merveilleuse, Sarah Moody ! (Il partit d'un grand rire.) Merveilleuse ! (Il se mit debout.) Je vais chercher la voiture et vous reconduire.

– Pas avant que nous ayons déjeuné. J'ai faim. Voulez-vous aller chercher le panier, Rand ?

Il rit de nouveau en la regardant d'un air perplexe. Sarah avait conservé toute son assurance. Elle le regarda s'éloigner sans broncher.

Tout en grignotant le poulet froid accompagné d'un excellent cru venu de France, ils discutèrent à bâtons rompus de la gestion de l'établissement et elle lui soumit plusieurs projets qui lui trottaient dans la tête.

Finalement, Sarah étouffa un bâillement derrière le dos de sa main.

– Je me sens un peu lasse, je ferais bien une petite sieste.

– Vous ne craignez pas que j'en profite pour tenter de vous violer, madame ?

– Je craindrais, pour vous, monsieur, que cette fois vous ne vous en tiriez pas avec autant de facilité. Et, au cas où la tentation vous viendrait un jour de récidiver, vous le regretteriez amèrement, croyez--moi!

Il la considéra sans souffler mot, un léger sourire au coin des lèvres. Puis, avec un hochement de tête, il se leva et descendit le talus en flânant. Sarah s'étendit sur la couverture et s'endormit.

Lorsqu'elle s'éveilla, une heure plus tard, elle trouva Rand assis auprès d'elle, le dos appuyé contre le tronc d'arbre, le regard perdu au loin.

– Nous pourrions peut-être rentrer à présent, proposa-t-elle.

– Bien. Je vais chercher les chevaux.

Sarah replia la couverture, saisit le panier et porta le tout dans la voiture où elle prit place sans attendre son aide. Le trajet de retour s'accomplit dans un silence total. Son compagnon affichait une expression maussade.

Ses propres pensées n'étaient pas roses non plus. Serait-elle donc toujours déçue? Non point qu'elle eût jamais ressenti amour ou affection pour Rand. Mais il lui semblait que les hommes qu'elle avait rencontrés l'avaient toujours blessée, d'une manière ou d'une autre. A l'exception de Sean. Elle soupira et chassa Rand de sa pensée. Elle serait capable de vivre sans homme, si elle le voulait vraiment.

Lorsqu'ils arrivèrent aux portes de la ville,

Rand poussa une exclamation en désignant une colonne noire de fumée.

– Un incendie!

Sarah se pencha en avant pour mieux voir et fronça les sourcils.

– On dirait que cela se situe dans mon quartier. Dieu Tout-Puissant, pourvu que ce ne soit pas la maison qui flambe!

Depuis toujours, les habitants de la Nouvelle-Orléans vivaient dans la terreur de l'incendie. Plusieurs fois déjà au cours des siècles, le feu avait ravagé leur ville.

Rand lança les chevaux au galop. Ils arrivèrent à l'angle de la rue, Sarah agrippée à la portière, les yeux plissés d'anxiété.

Elle poussa un soupir de soulagement.

– Grâces soient rendues au Seigneur, ce n'est pas la mienne!

Mais c'était tout de même une maison toute proche qui flambait. Tandis qu'ils approchaient, elle se rendit compte qu'une chaîne s'était formée : des volontaires se passaient de main en main des seaux remplis de l'eau du fleuve. Malheureusement les flammes avaient déjà dévoré une grande partie de l'immeuble.

En revanche, l'intervention rapide des secours permettrait de sauver les maisons voisines.

Ainsi, le casino Katie ne brûlerait-il pas. Pas cette fois.

26

Le dernier ballot de fret à peine déchargé, Jeb se mit en quête de Sarah. N'ayant pas la moindre idée du temps que prendraient ses recherches, il donna congé pour une semaine à son équipage qui d'ailleurs avait besoin de repos et de distraction après la bataille contre les hommes de Giles Brock. A l'inverse de la plupart des propriétaires de péniche, Jeb ne redoutait jamais de ne pas les voir se présenter à l'appel, au moment de la reprise du travail. Ils iraient à coup sûr se vautrer dans les délices de Front Street, traîner dans les maisons sordides du Swamp et peut-être même rejoindraient-ils la péniche dans un état d'ébriété plus ou moins avancé! Mais ils seraient là quand il faudrait. Ils appréciaient trop leurs conditions de travail pour lâcher le capitaine Hawkins.

Jeb n'avait pas la moindre idée de la manière dont il allait orienter ses recherches. Il commença par interroger les propriétaires de magasins de mode dont une certaine Sarah Moody aurait pu être cliente. Mais il ne reçut en réponse que des haussements d'épaules évasifs. A mesure que passaient les jours et que les échecs se succédaient, il en vint à arrêter les gens dans la rue. Quatre jours entiers, il parcourut les rues de la Nouvelle-Orléans sans recueillir le plus mince indice, retournant le soir, fourbu, épuisé et démoralisé, à bord de sa péniche.

Tim et Ezra Boggs, qui assuraient la garde des bateaux, l'accueillaient chaque fois avec la même question :

– Alors, capitaine, avez-vous retrouvé Mlle Sarah Moody ?

– Pas la moindre piste, marmonnait Hawkins, abattu.

Il en venait à se demander si Fortier n'avait pas commis une erreur concernant les projets de Sarah, ou bien si la jeune femme n'avait fait qu'un bref passage à la Nouvelle-Orléans. Pourtant, en supposant qu'elle se soit limitée à un bref séjour, il était impossible qu'elle n'eût rencontré personne, parlé à personne...

Au soir de la cinquième et tout aussi décourageante journée, il fut accueilli sur la péniche par Hester Valance. Cette présence lui remonta quelque peu le moral. Après avoir entendu le récit de son aventure avec Sarah, Hester avait manifesté une certaine réserve et elle avait refusé de partager son lit jusqu'à la fin du voyage. Après tout, s'il se révélait impossible de retrouver Sarah, il lui resterait Hester. Mais il découvrit sans tarder qu'elle n'était nullement venue dans cette intention. Il la prit par le bras pour la conduire vers la cabine en criant par-dessus son épaule :

– Ezra, prépare-nous un souper soigné, veux-tu !

– Non, Jeb, protesta Hester en plaçant une main sur son bras, ce n'est pas pour cette raison que je suis venue. Je pense, au contraire, avoir de bonnes nouvelles pour vous. Mais peut-être devrions-nous, en effet, n'en parler que dans votre cabine.

Il la fit entrer, referma vivement la porte et l'interrogea anxieusement :

– Quelles nouvelles, Hester? S'agirait-il de Sarah?

– Je le pense, bien que je n'en sois pas tout à fait sûre. Hier soir, un gentilhomme m'a invitée à souper dans un endroit nommé le Katie Casino. C'est une maison de jeu où l'on sert aussi d'excellents repas.

– Oui, je connais, je suis passé devant presque chaque jour mais comme je n'avais aucune raison d'y entrer, je... (Il s'interrompit, le regard effaré.) Voyons Hester, je ne comprends pas! Je ne saisis pas le rapport avec Sarah?

– Eh bien... l'établissement appartient à une femme. Elle fait une courte apparition, quelques minutes avant la fermeture, pour la dernière partie de roulette. Je n'ai pas réussi à savoir son nom... mais d'après la description que vous m'avez faite de votre... Sarah Moody, j'ai la quasi-certitude que c'est d'elle qu'il s'agit.

Jeb secouait la tête.

– Mais non, mais non, ce n'est pas possible, ce ne peut être elle. Jamais Sarah ne dirigerait une maison de jeu. Elle en serait incapable. Elle est bien trop... digne pour exercer une pareille activité.

La jeune femme suivait sa mimique d'un regard amusé.

– Je ne vois pas du tout ce que sa... dignité

vient faire là-dedans? La Nouvelle-Orléans, comme bien des villes construites sur les bords du Mississippi, propose aux gens de passage comme à leurs propres habitants des maisons de jeu. Et il ne viendrait à personne l'idée de mépriser une femme qui dirigerait un établissement de ce genre. Sans doute n'en irait-il pas de même s'il s'agissait d'une maison de passe. Dites-moi, Jeb Hawkins, ne seriez-vous pas, par hasard, retombé dans votre puritanisme invétéré?

– Et comment se serait-elle procuré les fonds nécessaires? Elle qui est arrivée ici sans un sou!

– Cela, je l'ignore! (Hester haussa les épaules.) A moins que quelque... (Elle s'interrompit abruptement.)

– Un prêteur... ou un donateur... un homme, voilà à quoi vous pensez, n'est-il pas vrai? Un homme pourrait lui avoir procuré les fonds?

– C'est une éventualité à prendre en compte. Mais en quoi cela devrait-il vous affecter? Vous m'avez affirmé être à la recherche de cette femme. Or il est possible que la propriétaire du Katie Casino soit Sarah Moody. A vous de décider si vous désirez connaître la vérité à son sujet...

Il s'était détourné, le regard perdu. Il tira un cigare de sa poche avec des gestes lents et le porta à ses lèvres. Mais, en dépit de ses efforts, la fureur s'empara de lui. Il fit volte-face avec brusquerie.

– Je ne puis accepter cette hypothèse, Hester! Je ne vous crois pas!

– Cela, mon cher Jeb, reste votre affaire personnelle, répliqua-t-elle d'un ton où perçait une irritation mal contenue. Je suis venue ici afin de vous rendre service, mais si, pour toute récompense, vous me traitez de menteuse... si c'est là toute votre gratitude, je préfère...

Elle s'interrompit et s'enfuit en sanglotant.

– Hester! Attendez! Je ne voulais pas...

Il se précipita sur ses pas, puis s'immobilisa à mi-chemin. Pour la première fois, il lui venait à l'esprit que Hester était sans doute amoureuse de lui et que les mots qu'il aurait prononcés n'auraient pu que la blesser.

Il poussa un soupir, retourna dans sa cabine, alluma son cigare et ressortit sur le pont. Longtemps il demeura accoudé à la proue, le regard errant sur l'animation du port. Le chahut qui s'échappait des tavernes installées le long de Front Street montait jusqu'à lui, entrecoupé de cris et de rires. Il n'était entré que deux ou trois fois dans ces lieux de perdition pour y rattraper quelque batelier attardé et n'ignorait donc pas ce qu'il s'y passait. Si la femme que lui décrivait Hester était bien Sarah, le casino qu'elle dirigeait ressemblait-il à ces lieux mal famés?

A ce moment, Jeb se rendit compte qu'il croyait déjà à moitié l'histoire de Hester Valance, et prit la décision d'y aller voir par lui-même. Quel autre choix lui restait-il d'ailleurs? Il lança son cigare inachevé dans l'eau et réintégra sa cabine pour se rafraîchir et se changer.

Une demi-heure plus tard, il frappait à la porte

du Katie Casino. L'extérieur lui donnait plus l'apparence d'une résidence bourgeoise que d'une maison de jeu. En outre, il ne percevait aucun éclat de voix, aucun bruit. Pris d'impatience, il frappa de nouveau. La porte fut ouverte avec brusquerie. Une espèce de géant apparut sur le seuil.

– Qu'est-ce que vous avez à frapper comme ça, bonhomme?

Jeb le dévisagea sans aménité, irrité par le ton arrogant de l'individu.

– Je veux entrer.

– Jean vous connaît pas, mon vieux. Ici c'est un club privé. On ne laisse entrer que les membres. Pas d'étranger. Madame a donné des ordres.

Jeb bouillait, à la fois d'impatience et de fureur. Après les échecs qu'il avait essuyés depuis le début de la semaine, il lui paraissait intolérable de se voir refuser l'accès d'une maison où Sarah se trouvait peut-être! Le temps d'un éclair, il faillit céder à la dangereuse impulsion de se frayer un chemin par la force... Il se ressaisit et dit d'un ton mesuré :

– Et si vous transmettiez un message à votre « Madame »? Si vous lui faisiez savoir que Jeb Hawkins sollicite un entretien?

– Peut-être que Madame ça lui plaira pas!

– Nom de Dieu, bonhomme! explosa Jeb. Contentez-vous de transmettre le message, voulez-vous!

Le géant réfléchit, avant de hocher la tête.

– Attendez-moi ici.

Il rentra dans la maison, claquant la porte au nez de Jeb qui se mit à arpenter le trottoir. Jean fut de retour au bout d'un temps étonnamment court.

– Madame veut vous voir, déclara-t-il avec une cordialité inattendue, s'il vous plaît, suivez-moi!

Jeb pénétra à sa suite dans le vestibule séparé du salon par un lourd rideau de velours sombre. Descendant les marches qui conduisaient au casino, grande fut sa surprise de trouver une centaine de personnes rassemblées autour des tables de jeu dans une salle immense, somptueusement meublée et éclairée par de magnifiques chandeliers. Il fut plus surpris encore du calme qui régnait. Bien mieux, il découvrit, mêlées aux hommes, des femmes habillées avec élégance et distinction, qui ne lui donnèrent nullement l'impression d'être des entraîneuses. Ce n'était sûrement pas un endroit comme les autres pour que l'on y trouve autant de vêtements somptueux et de bijoux scintillants, réunis sous un même lustre.

Momentanément ébloui par la splendeur du lieu, il avait ralenti le pas. Il sursauta et s'arrêta tout net en apercevant, accoudé à une console, un beau jeune homme qui l'étudiait du regard sardonique de ses prunelles de jais. Jean se retourna, fâché.

– Enfin, qu'est-ce que vous avez à traîner comme ça? Madame attend!

Jeb pressa le pas et gravit un escalier qui

conduisait au second étage. A peine le bruit de leurs pas avait-il commencé à résonner dans le couloir que Sarah parut dans l'embrasure d'une porte ouverte d'un geste large.

– Jeb!

Elle fit quelques pas à sa rencontre. S'arrêta. Jeb l'imita. C'était bien Sarah qui se trouvait en face de lui. Mais une Sarah inconnue. Dans toute la splendeur de sa féminité, elle lui apparaissait d'une beauté nouvelle. Au cours de leur précédente et trop brève entrevue, il l'avait vue habillée de neuf mais amaigrie par les épreuves d'un terrible hiver. Aujourd'hui, sa robe cachait et dévoilait tout à la fois l'épanouissement d'un corps splendide.

Sans doute s'était-il attendu, par quelque aberration d'un esprit nourri de préjugés puritains, à retrouver une Sarah marquée par la débauche, au lieu de l'image fraîche et rose qui lui était révélée. Bien qu'il sût, sans qu'aucune espèce de doute fût permis, que c'était bien elle, il balbutia :

– Sarah? Est-ce réellement vous?

Le cœur de la jeune femme battait à tout rompre. Jeb était toujours aussi beau et sa vue suffisait à la troubler. Elle poussa un petit rire nerveux.

– Oui, Jeb, c'est moi!... Vous pouvez disposer, Jean. En descendant, passez à la cuisine, commandez un souper pour deux et demandez à ce qu'il soit monté dans mes appartements.

– Bien, madame, acquiesça le grand diable.

Sarah se rapprocha d'un pas, posa une main légère sur le bras de Jeb. Elle avait envie de l'embrasser mais elle se contint, face à la réserve qu'il affichait.

– Entrez, Jeb.

Il la suivit dans l'appartement et s'arrêta. Tandis qu'elle fermait la porte, elle ne put s'empêcher de remarquer cette position familière qu'il avait prise et qu'elle se rappelait si bien, jambes écartées, comme pour résister aux pires coups de roulis, les bras rejetés en arrière, les mains nouées dans le dos. Du regard, il faisait lentement le tour de la pièce, notant au passage le luxe de l'ameublement. Puis, enfin, il fit face à la jeune femme. Indéchiffrable.

– Vous vous êtes bougrement bien tirée d'affaire, Sarah!

– Oui, certes, la fortune m'a souri. (Pour la seconde fois, elle laissa fuser un petit rire nerveux.) Vous n'auriez pas l'aplomb de m'envier, je suppose, quand je songe aux peines que cela m'a coûtées!

– Cela dépend essentiellement...

Il s'interrompit, fit mine de s'absorber dans la recherche d'un cigare. Sarah s'empressa de lui tendre un chandelier. Au moment où il inclina la tête, elle faillit céder à l'impulsion de lui caresser les cheveux. Dire qu'il était revenu vers elle, après si longtemps... alors qu'elle n'espérait plus le revoir jamais! Sarah savait qu'elle réagissait comme une collégienne mais peu lui importait!

– Désirez-vous un cognac, Jeb? proposa-t-elle d'une voix douce.

Il secoua la tête.

– Pas tout de suite, Sarah. J'ai appris que vous étiez passée par Saint Louis, l'année dernière, à un moment où mes bateaux étaient amarrés à quai. Pour quelle raison ne vous êtes-vous pas manifestée? J'en ai conclu que vous étiez partie pour de bon avec le... avec ce Flanagan.

L'euphorie qui avait envahi Sarah fit place à l'agressivité.

– Sean Flanagan est mort, rétorqua-t-elle d'un ton sec.

– Je sais... c'est Fortier qui me l'a appris. Je suis désolé...

– Et, savez-vous pourquoi il est mort, Jeb? Giles Brock m'avait vendue comme esclave à un Pawnee. Alors Sean s'est lancé à ma recherche. Pendant près d'un an il a sillonné la Prairie et quand, finalement, il m'a découverte, il a reçu une flèche dans le dos en m'arrachant aux mains des sauvages. Et il en est mort. Et pendant ce temps, qu'avez-vous fait, vous qui, une heure à peine avant que Brock m'enlève, prétendiez m'aimer? Qu'avez-vous fait pour me sauver?

– Sarah, je vous en prie, soyez raisonnable! Comment aurais-je pu deviner que vous alliez connaître une aventure aussi horrible? J'ai tout simplement cru que vous étiez retournée à Sean Flanagan et que vous étiez partie avec lui. Si j'avais su, je vous aurais cherchée jusqu'au bout de la terre.

Sarah scruta longuement le visage de Jeb, sans souffler mot. Puis, elle poussa un soupir en haussant légèrement les épaules.

– Bien sûr! Tout cela est du passé à présent.

– Pas encore! Vous n'avez pas répondu à ma question. Pourquoi n'avez-vous pas cherché à me rencontrer à Saint Louis?

– Je l'ai fait. Je suis descendue à l'embarcadère...

– Je ne vous ai pas vue! Pourquoi n'avez-vous pas révélé votre présence? interrompit-il avec véhémence.

– Parce que moi, je vous ai vu! répliqua-t-elle avec la même violence. Je vous ai vu en compagnie d'une femme... une femme très belle et très blonde. Visiblement elle vous était... proche et vous sembliez très heureux à ses côtés.

Jeb parut fouiller ses souvenirs. Puis il sourit et secoua les épaules.

– Ah oui! Ce n'était que Hester! Hester Valance!

– Que Hester? Qu'était-elle donc pour vous? Une simple putain?

– Hester n'a rien d'une putain! C'est une dame de qualité!

– Admettons! Cela ne vous empêchait pas de coucher avec elle, n'est-il pas vrai? Peut-être même de le faire encore?

– Sarah, que signifient ces reproches? (Il prit un temps, puis il acquiesça d'un hochement de tête.) Pour être honnête, c'est vrai. Mais, après tout, attendiez-vous de moi que je reste... célibataire pendant tout ce temps?

– Je ne sais trop ce que j'attendais de vous. Mais attendre de moi que je vous saute au cou quand une autre vous tenait par le bras? Supposons qu'elle ait été votre épouse. N'aurais-je pas risqué de créer une situation embarrassante?

Le ton montait. A la fin, elle railla ouvertement :

– Jebadiah Hawkins, seul maître à bord après Dieu, pétri de la plus haute moralité, et couchant avec une femme hors des liens du mariage! Moi qui croyais que vous réserviez ce destin aux innocentes enlevées dans les rues de Londres par vos acolytes, afin de pouvoir les prendre de force en toute impunité!

– Sarah, j'ai déjà essayé de me faire pardonner ce geste. Au demeurant, qu'est-ce qui vous donne le droit de prendre une attitude aussi rigoureuse? N'avez-vous pas, vous aussi, partagé votre lit avec ce... avec cet Irlandais?

– Assurément, oui! lança-t-elle en serrant les poings de fureur. Et pas seulement avec Sean qui, lui au moins, était un véritable gentilhomme! Giles Brock et Rhys Pommet ont eux aussi usé de mon corps à leur fantaisie, qui était ignoble! Et ensuite, le Grand Chef pawnee auquel ces monstres m'ont vendue en esclavage et qui me prenait de force, chaque soir... Tout cela ne vous dégoûte-t-il pas, Jeb Hawkins?

– Non, cela ne me dégoûte pas, Sarah, dit-il lentement. Le blâme n'en peut retomber sur votre tête. Cela m'inspirerait plutôt de la pitié...

Il eut un geste vers elle.

Sarah écarta cette main d'un coup sec, les yeux brillants de colère.

– Je n'ai rien à faire de votre satanée pitié! Tout ce que je vous ai jamais demandé, était de l'amour...

– Ce n'est pas ainsi que je l'entendais... (Sa voix s'était faite plus âpre.) On dirait que la vie vous a changée, Sarah. Jamais auparavant je ne vous avais entendu employer un langage vulgaire.

– Un langage vulgaire! Ce n'est rien à côté de ce que moi j'ai dû entendre! Quant à la vie qui fut la mienne, elle ne m'a pas changée... En tout cas, pas au sens où vous l'entendez.

– A propos... de quelle façon vous êtes-vous procuré les fonds nécessaires à la création de cette maison de jeu? Cela a dû représenter une somme énorme?

– En effet! J'aimerais vous faire observer au passage que cette question ne vous regarde absolument pas, mais je vais vous répondre néanmoins. L'argent m'est venu de Sean Flanagan qui avait laissé toute sa fortune chez Jacques Fortier en lui demandant de la mettre à ma disposition, s'il venait à lui arriver malheur. Cela constituait une somme considérable et je lui en garderai toujours une profonde reconnaissance.

– En effet, marmonna-t-il, je pense comme vous. Quoi qu'il en soit, votre réussite me fait plaisir. Bien que je sois surpris par votre choix... N'auriez-vous pu essayer autre chose?

– Et quoi, par exemple, je vous prie?

– Un établissement où une femme de votre qualité serait plus à sa place!

– Parce que vous considérez le jeu comme un péché?

– Eh bien... euh... Oui! (Il semblait gêné et mal à l'aise.) La Bible n'en dit aucun bien.

– Vraiment? Dans ce cas, ne devrions-nous pas trouver étrange que chacune des villes construites sur le fleuve possède une maison de jeu? Vos bateliers n'ont-ils pas coutume de jouer?

– Mais, bien sûr, qu'ils jouent! Ils fréquentent aussi régulièrement le bordel, mais ce n'est pas de cela que je vous parle. Je voulais dire que la place d'une femme telle que vous n'est pas à la tête d'un pareil établissement!

– La Bible indique-t-elle comment une femme seule, abandonnée de tous, ayant subi les pires outrages, peut ou doit gagner sa vie, lorsqu'elle se trouve brusquement jetée dans une ville étrangère, à des milliers de miles de son pays natal? Quelle proposition feriez-vous, par exemple?

– Une maison de couture peut-être...

– Une maison de couture! s'esclaffa Sarah. La Nouvelle-Orléans est la ville la plus raffinée du Mississippi et malgré cela, mon pauvre ami, savez-vous combien de femmes se font habiller par une couturière? Une poignée, pas plus! J'aurais fait faillite depuis belle lurette! Naturellement... (La colère qui bouillonnait en elle depuis un moment éclata soudain sans raison apparente. Elle ne désirait plus que le blesser, l'offenser.)

Naturellement, j'aurais fort bien pu me lancer dans une autre profession... C'était à elle que pensaient les forbans de Brock quand ils se sont emparés de moi dans une rue de Londres. J'aurais dû être vouée au bon plaisir des Habits Rouges du roi George, si Brock ne s'était emparé de votre *North Star.* Dieu m'est témoin des épreuves que j'ai vécues durant les trois années qui viennent de s'écouler. Il y a peu, un client ivre m'a jeté au visage que ce métier de femme galante m'aurait parfaitement convenu. Etes-vous du même avis, Jeb? Si je m'étais servie de l'argent de Sean pour ouvrir une maison close, vous seriez-vous senti plus à l'aise pour venir me rendre visite?

Le visage de Jeb se durcit. D'un mouvement vif, il gifla Sarah qui recula d'un pas sans le quitter du regard. Un regard dur et brillant.

– La Sarah Moody que j'ai connue autrefois n'aurait jamais osé tenir de tels propos, dit-il d'une voix rauque. Vous avez réellement changé.

– Certainement, j'ai changé, pauvre idiot! Etes-vous vraiment incapable de comprendre une chose aussi simple? Mais cela ne signifie pas forcément que je sois devenue une grue ou une fille de joie, comme vous m'en soupçonnez ouvertement!

Les joues fiévreuses, les pupilles luisantes comme celles d'une tigresse, elle lui offrait une image qui, paradoxalement, lui remit en mémoire celle, adorable, de la femme qu'il avait possédée un certain après-midi, dans la cabine de sa péniche. Vision d'une intensité sensuelle telle que le désir brutalement afflua, refoulant la décence, la simple prudence même.

– Si telle est votre opinion, madame, c'est que j'ai vu juste. Il ne reste qu'à m'en assurer!

D'une enjambée, il fut auprès d'elle. Sarah sentit le plancher se dérober sous ses pieds. Il lui faisait peur certes, mais plus encore, il la troublait. Une sorte de langueur la paralysait, une chaleur étrange envahissait son corps. Pourtant, elle était fermement déterminée à se refuser tant qu'il se conduirait ainsi comme un butor, comme un mâle en rut.

Jeb glissa les doigts dans le décolleté de sa robe et la déchira d'un seul coup, du haut en bas, découvrant ses seins fermes et ronds, couleur d'ivoire.

Haletant, le souffle rauque, Jeb saisit les deux pans de la robe et les arracha, la dénudant complètement. Il la considéra quelques secondes, telle qu'elle était exposée à son regard, nue à l'exception de ses chaussures, de ses bas et de ses jarretières.

– Où se trouve votre boudoir, miss Moody? demanda-t-il d'une voix lourde.

Sarah, tremblant de tous ses membres, voulut lui tenir tête.

– Jeb, je ne vous céderai pas de cette manière!

– Par Jéhovah, vous céderez, madame! Vous avez abusé de ma patience, de mon indulgence, vous m'avez tourné en dérision et si bien poussé à bout que je suis à présent hors d'état d'entendre vos supplications!

– Mais je ne supplie personne, je vous...

N'écoutant plus que sa frénésie, il l'enleva dans ses bras et repoussa du pied la porte qui ouvrait sur la pièce voisine. Il la jeta sans cérémonie sur le lit immense. Comme Sarah essayait de se redresser, il la repoussa d'une main rude.

– Je vous en prie, Sarah, ne me provoquez pas!

Soudain, elle abandonna la lutte et resta allongée, immobile, silencieuse.

Jeb la considéra un instant puis se leva pour se déshabiller.

Alors Sarah, d'une voix sourde et monocorde :

– Pourquoi me donnerais-je la peine de lutter pour défendre mon honneur? Vous avez été le premier à y avoir porté atteinte, après m'avoir fait embarquer de force sur le *North Star*. Ensuite, d'autres sont venus qui m'ont souillée plus ignominieusement encore. Il est dans vos habitudes de me prendre de force... Pour quelle raison renonceriez-vous aujourd'hui? Et pourquoi m'en soucierais-je? Si vous avez résolu de me traiter comme une putain, parce que j'ai surmonté des épreuves auxquelles peu de femmes auraient survécu... qu'il en soit fait selon votre bon plaisir. Et soyez damné pour le restant de vos jours!

Jeb, qui avait suspendu son geste, la considérait, muet de stupéfaction.

– Allez-y, Jeb Hawkins! Qu'attendez-vous pour me violer? Qu'est-ce qui vous fait hésiter? L'élégance du lieu? Puisque vous pensez que j'ai conquis ce luxe en faisant commerce de mon corps, il n'y a rien là qui doive vous arrêter!

Une expression de profonde consternation se lisait sur le visage de Jeb.

– Dieu Tout-Puissant... qu'est-ce que je suis en train de faire? balbutia-t-il.

Il rajusta ses vêtements avec des gestes empruntés.

– Excusez-moi, madame, dit-il avec raideur. Je m'engage à respecter vos désirs et vous n'aurez plus à redouter de me revoir. Je promets de ne plus paraître devant vous.

Jeb quitta la pièce sans se retourner. Il allait s'engager dans l'escalier lorsqu'il se trouva nez à nez avec le beau jeune homme aperçu en entrant, qui montait les marches en toute hâte.

– Que se passe-t-il donc ici? demanda-t-il d'une voix glaciale. J'ai entendu pousser des cris. Est-ce que Sarah...

Sur le même ton, Jeb répliqua:

– Rassurez-vous, mon ami, miss Moody n'a pas souffert le moindre mal, je vous l'assure.

– Qu'est-ce qui me le prouve? Vous allez m'accompagner tandis que je m'en assure, ajouta-t-il en redressant le pistolet qu'il tenait à la main pour le braquer sur la poitrine de Jeb.

Celui-ci, outré par le procédé, céda à la colère qui bouillonnait en lui. Il fit un pas de côté et abattit sa rude main calleuse sur le poignet du jeune oisif. L'arme tomba avec fracas sur le plancher et glissa sous un meuble. Pourtant Jeb ne s'en tint pas là, il écrasa son poing sur le visage de l'insolent avec une force qui envoya rouler son adversaire contre le mur où il demeura affalé. Jeb s'enfuit sans lui accorder un regard. Il descendit les marches avec une certaine prudence. Rien d'anormal ne se produisit, cependant, lorsqu'il écarta le rideau qui le séparait de la salle du casino. On jouait avec animation et personne ne leva la tête sur son passage. Dans le hall, Jean, le cerbère, n'était pas à son poste. Jeb tira la porte après l'avoir déverrouillée sans bruit et se retrouva dans la rue.

Après qu'il fut parti de manière aussi abrupte, Sarah demeura assise sur le bord du lit, en proie à un sentiment de fureur et d'humiliation. Les dernières paroles de Jeb retentissaient dans sa tête comme un glas. « ... Ne plus paraître devant vous... ne plus paraître devant vous... » Jamais encore elle n'avait été déchirée par des tourments aussi aigus : la rage d'avoir été humiliée, insultée, l'amertume profonde de l'abandon, la douleur d'un amour sans espoir. A quoi bon, en effet, se leurrer? Malgré le dédain que Jeb lui avait témoigné, malgré sa conduite odieuse, elle l'aimait. Elle l'aimerait toujours. C'était contraire à toute logique. Pourquoi aimer un homme qui la traitait de la sorte?

Elle éclata d'un rire amer : l'amour et la logique vont rarement de pair! Elle aurait dû commencer à le savoir. Quelles raisons avait-elle jamais données à Sean de l'aimer à la folie... au péril de son existence?

Hé! Que Jebadiah Hawkins aille donc au diable! Amoureuse ou pas, elle saurait bien mener sa barque sans lui. Elle y était parvenue jusqu'ici, pourquoi ne pourrait-elle continuer? Avec le temps, qui a raison de tout, le souvenir de Jeb Hawkins s'effacerait.

Elle se leva, jeta une robe de chambre sur ses épaules et gagna le vestibule où elle aperçut Rand, affalé contre le mur. En entendant son pas, il releva la tête et la considéra d'un regard vitreux en portant la main à sa joue.

– Rand! Que vous est-il arrivé? s'exclama-t-elle en lui tendant la main pour l'aider à se redresser.

Le jeune homme secoua lentement la tête avec une grimace de douleur.

– Je ne sais plus où j'en suis, Sarah. J'avais cru vous entendre crier. Quand je suis arrivé en courant, je suis tombé sur une espèce de brute barbue qui sortait de votre appartement comme un fou. Et quand j'ai tenté de lui barrer le passage, il m'a assené un coup à assommer un bœuf!

Ainsi, songea Sarah, il était loin de ressentir le calme qu'il affichait en quittant sa chambre. Sans quoi, il n'aurait pas passé sa hargne sur le malheureux Rand! Mais, cette satisfaction d'orgueil fut de courte durée. De nouveau lui revinrent les dernières paroles de Jeb.

– Vous n'êtes pas gravement blessé, Rand? murmura-t-elle avec une sincère sollicitude.

– Oh non! je survivrai. Avec un visage tuméfié et un mal de crâne sévère durant quelques jours, mais je survivrai, madame. J'en ai vu de pires dans ma triste existence.

– Alors vous allez descendre et fermer le casino.

– Sarah... Que venez-vous de dire? (Il semblait stupéfait.) Il est à peine 10 heures!

– Peu importe, je ne me soucie pas de l'heure. Descendez et faites partir tout le monde, y compris le personnel. Je désire que chacun s'en aille le plus rapidement possible.

– Sarah, vous n'y pensez pas, voyons! Ce serait la première fois que vous vous livrez à un geste aussi... aussi... et puis il y a ceux qui vous attendent pour la dernière partie de roulette. Une fermeture à cette heure-ci les désobligerait... et certains sont même susceptibles de ne plus revenir!

– Tout cela m'est égal! Je veux rester seule! Je désire que tout le monde s'en aille!

– Moi aussi, Sarah?

– Vous aussi! lança-t-elle sur le même ton. (Puis, regrettant sa brutalité :) Excusez-moi, Rand, je ne voulais pas me montrer aussi brusque, mais je viens de subir une rude épreuve et j'ai besoin d'être seule. Je vous en prie!

– Si tel est votre désir, madame. Cette épreuve, à laquelle vous venez de faire allusion... ne désirez-vous pas m'en parler? Cet homme vous aurait-il offensée? Si oui, je pourrais le retrouver et le provoquer en duel...

– Non, Rand, je vous en prie! C'est exactement ce que je veux éviter. Tout ira mieux demain... cela va passer.

Rand l'examina d'un regard intrigué, faillit dire quelque chose puis se ravisa.

– Eh bien... bonne nuit, madame. Dormez bien!

Sarah réprima un rire amer. Il était douteux qu'elle réussît à dormir cette nuit. Et les suivantes ne seraient guère meilleures.

Rand s'effaça pour laisser le passage à Jean qui apportait les deux plateaux. Sarah fut sur le point de lui demander de les remporter, mais elle se tut afin d'éviter les commérages... Elle ouvrit donc sa porte au serviteur qui déposa les plateaux garnis sur la table.

– Ce sera tout, Jean, merci. Nous fermons plus tôt ce soir, pour des raisons que je désire ne pas expliquer. Vous pouvez rentrer chez vous.

Jean se contenta d'acquiescer d'un hochement de tête, son large visage aussi dénué d'expression que d'ordinaire. Sarah ferma la porte sur ses talons, puis se versa une grande rasade de cognac qu'elle but d'un trait. La chaleur de l'alcool l'apaisa.

Si sa colère était calmée, demeurait la déception amère que lui avait causée la conduite grossière de Jeb. A aucun moment, elle n'avait imaginé qu'il manifesterait une telle indignation en découvrant qu'elle dirigeait une maison de jeu! Elle se servit un second cognac et chauffa le verre au creux de sa paume, en arpentant la pièce d'un pas hésitant, et en buvant à petites gorgées le breuvage ambré. Elle avait cru de bonne foi Jeb rayé de son passé. Leur orageuse rencontre de ce soir avait ranimé sa passion. Au plus fort de la dispute, alors qu'il lui lançait à la tête reproches et injures, qu'il allait jusqu'à la brutaliser... sans cesse, son corps l'avait trahie et n'avait eu de désir que de lui. Elle s'arrêta, ferma les yeux, se souvint de leur étreinte tumultueuse à bord de la péniche. Jamais, avec un autre homme, elle ne connaîtrait des heures aussi intenses!

Elle trébucha soudain et heurta le divan. La dose d'alcool avait été trop forte, il lui fallait manger quelque chose. Sur l'un des plateaux, elle prit une cuisse de poulet dont elle arracha de petites bouchées. Soudain, submergée par une irrésistible émotion, elle rejeta le morceau de volaille. Les larmes que, depuis le début de la soirée, elle s'efforçait de retenir, se mirent à couler. Ecrasée sur le divan, elle pleura interminablement sur sa solitude, sa souffrance, sur son bonheur enfui.

27

Pour la première fois de son existence, Jeb Hawkins se surprenait à boire dans une taverne. Boire, passe encore! Il avait décidé de se soûler! Il était entré sans hésitation dans le premier bar qu'il avait aperçu dans Front Street. Une espèce de baraque de rondins à peine équarris, à l'enseigne de Jack le Balafré.

L'individu planté derrière le comptoir – une planche mal rabotée posée sur deux tonneaux – expliquait tout. Un coup de sabre lui avait fendu le visage, de la racine des cheveux au menton, touchant au passage l'œil droit qui était couvert d'un bandeau noir. La salle était pleine à craquer et Jeb ne s'était pas soucié de savoir si certains membres de son équipage s'y trouvaient attablés. Non plus qu'il ne se souciait, dans l'état d'esprit où il était, qu'ils le voient boire et même s'enivrer. Le vacarme était tel, éclats de rire tonitruants et chansons d'ivrognes beuglées à plein gosier, qu'il dut se pencher au-dessus du comptoir et crier en direction du Balafré :

– Une bouteille de cognac!

– Pas d' cognac, vieux! Trop raffiné pour ces cochons. D' la bière et du rhum tant qu' tu veux. Et si ça t' plaît pas, tu iras chercher ailleurs.

– Une bouteille de rhum, alors!

Le Balafré fouilla sous la planche raboteuse et en ressortit une bouteille emplie d'un liquide sombre. Il la planta sur le comptoir et garda le poing autour du goulot jusqu'à ce que Jeb eût aligné le nombre de pièces nécessaires.

– Pas de verre? demanda Jeb.

– Un quoi? Un verre? Non mais y rêve le môssieu! répliqua l'autre avec un rire épais. Si tu veux un verre, tu changes de crèmerie. J' leur mettrais des verres, mon pote, le coup d'après y voudraient que j' les lave!

Des planches rugueuses tenaient lieu de tables. Les sièges eux-mêmes n'étaient que des tonneaux retournés. En se frayant passage non sans mal, Jeb finit par dénicher une place, au fond. Il alluma un cigare à la flamme d'une chandelle et but une grande goulée qui le brûla comme une traînée de feu. L'horrible goût de l'alcool frelaté le fit grimacer.

– Fameux rhum, hein, mon pote? lança l'homme attablé à sa droite.

Jeb ne répondit pas. L'autre mâchonna un juron et se détourna. Jeb but une seconde rasade puis, les coudes plantés sur le bois mal raboté, il se mit à penser à Sarah en tirant sur son cigare. Comment avait-elle pu tomber si bas? Elle, dont la fière attitude et la noblesse de gestes l'avaient tant impressionné! Certes, il n'ignorait pas les difficultés que peut rencontrer une femme seule, quand il lui faut gagner de quoi vivre dans cet Ouest encore sauvage. Mais, bon sang, pourquoi n'avait-elle pas cherché une profession plus honorable...?

Il écrasa son poing sur la table, à la grande surprise de ses voisins. Par Jéhovah, il avait oublié d'annoncer à Sarah que les deux tristes sires avaient payé leur dette de sang et de crime! La nouvelle l'aurait comblée de joie!

Il s'apprêtait à boire encore, lorsque ses pensées lui firent suspendre son geste : combien de femmes auraient surmonté les épreuves qu'elle avait endurées en conservant toute sa fierté et son orgueil? C'était cela qu'elle s'était efforcée de lui faire comprendre ce soir. Et que lui avait-il offert en échange? Des reproches, des insultes méprisantes! Et pour couronner le tout, il avait failli la violer! Seigneur Tout-Puissant! Que devait-elle penser de lui? Alors que, quelques jours plus tôt, il se félicitait de la souplesse avec laquelle il s'était adapté à ce pays nouveau pour lui, de l'aisance avec laquelle il avait su conquérir une situation enviable... Sarah n'avait rien fait d'autre! Et les épreuves qu'elle avait affrontées avaient été beaucoup plus dures et cruelles que les siennes!

Jeb ferma les yeux pour mieux interroger sa conscience. Et la réponse fut sévère! Il s'était conduit envers Sarah de manière inexcusable. Il le comprenait mieux à présent. Il aimait Sarah. Il l'aimait désespérément. Jamais il n'aimerait une autre femme avec cette passion!

Il se redressa, en proie à des pensées tumultueuses. Etait-il trop tard pour faire amende honorable? Trouverait-elle, dans son cœur, la force de lui pardonner? Leur serait-il possible d'oublier les odieuses paroles échangées?

Même s'il était trop tard, il devait tenter de la fléchir, de la convaincre, sinon il ne se le pardonnerait jamais. Il poussa la bouteille de rhum à demi pleine encore devant l'homme qui lui avait tout à l'heure adressé la parole.

– Tiens, mon ami, tu boiras à ma santé! dit-il avec un sourire un peu égaré.

L'autre le regarda se lever, bouche bée. Jeb vacilla en se mettant debout, se retint à la planche. Il était ivre. Il secoua la tête afin de s'éclaircir les idées, puis se dirigea vers la porte en s'efforçant de marcher droit.

A quelques tables de l'endroit où Jeb avait trouvé place, était assis un homme qui l'avait observé sans le quitter du regard un seul instant. Giles Brock était attablé là depuis un moment, s'efforçant de noyer son humeur noire dans la seule boisson que ses moyens lui permettaient de s'offrir : un verre de bière.

Il était arrivé trop tard au campement. Les autres avaient, avant lui, fait main basse sur les armes, les provisions, sur sa propre garde-robe même. Affamé, il avait rageusement fouillé pour mettre la main sur quelques bribes de nourriture.

Finalement, désespéré, il se percha sur la fourche d'une branche basse, près de la piste conduisant à la Nouvelle-Orléans. Au bout d'une attente interminable, arriva un cavalier solitaire. Il le tua en le frappant à la tête d'un lourd morceau de bois et traîna le corps derrière les buissons pour le dépouiller de son vêtement. Le mort ne portait que des habits de tissu grossier, qui étaient trop grands pour Brock. Mais au moins se retrouvait-il possesseur d'une arme, d'un ballot de nourriture et, plus important que tout, d'un cheval. Mais d'un cheval seulement. Aussi lui fallut-il plus de temps que prévu pour rejoindre la Nouvelle-Orléans. Il était arrivé ce même soir, fourbu, démoralisé, et s'était engouffré dans la première taverne venue afin d'y mâchonner un bout de pain sec arrosé d'une pinte d'ale. Il croyait Jeb reparti, après avoir livré sa cargaison, depuis plusieurs jours déjà; d'où sa surprise de le voir pénétrer dans l'établissement. Par précaution, il avait précipitamment rabattu la capuche de son habit de fortune.

Il ne perdait de vue aucun de ses faits et gestes et fut frappé par l'expression de fureur qui se lisait sur son visage. Néanmoins, il ne chercha ni les raisons de l'heureux hasard qui l'avait placé sur sa route ni les motifs de cette humeur sombre. La haine farouche, le désir de vengeance qu'une semaine durant il avait ruminés affleurèrent d'un seul coup comme un accès de bile. Il se mit à échafauder plusieurs projets d'attaque, jusqu'au moment où le capitaine se leva en chancelant et se dirigea vers la sortie. Pendant quelques secondes, Brock, pris de panique, eut l'impression qu'il marchait droit sur lui. Mais Hawkins, qui était hors d'état de le reconnaître, ne pensait guère à celui dont il se croyait pour toujours débarrassé.

Brock attendit une longue minute, puis il se leva à son tour et se glissa dehors. Il fouilla la venelle du regard, en direction du nord. Il ne vit rien et eut peur d'avoir attendu trop longtemps. Il regarda dans l'autre direction, aperçut la silhouette du capitaine, au moment où il traversait une tache de clarté, venue des fenêtres d'une taverne, à une cinquantaine de mètres. Alors il se lança à ses trousses, bondissant comme un démon, de tache d'ombre en tache d'ombre.

Il redoutait, s'il tirait ici sur sa victime, de voir surgir les clients de l'un ou l'autre saloon. Mais dès qu'ils eurent quitté le quartier fréquenté par les mariniers, la rue devint plus sombre encore, s'il était possible. Brock dégagea le pistolet de sa ceinture et s'arrêta, le temps de le charger. Il rattrapa ensuite Hawkins en évitant de faire le moindre bruit. D'ailleurs, la conduite du capitaine intriguait beaucoup son assassin éventuel. Où donc se rendait-il d'un pas aussi décidé? Brock, qui savait qu'il avait l'habitude de dormir à bord de sa péniche, tenait pour peu vraisemblable qu'il eût un appartement ou même une simple chambre en ville. Dans ce cas, il allait rendre visite à une fille... Oui, c'était sûrement cela!

Grimaçant de satisfaction, Brock ralentit le pas. La perspective d'abattre Hawkins, à demi nu, dans le lit d'une fille, déclencha en lui un tel accès d'hilarité qu'il fut contraint de mettre la main devant sa bouche pour étouffer son rire.

Et voici que, tout à fait à l'improviste, Hawkins, sans marquer la moindre hésitation, quittait le trottoir et gravissait les quelques marches conduisant à la porte à double battant d'une imposante demeure. Interdit, Brock se dissimula derrière un tronc d'arbre. La maison était plongée dans l'obscurité, à l'exception d'une pièce dont les rideaux mal fermés laissaient apercevoir la clarté vacillante d'une chandelle.

Cependant, Hawkins heurtait l'huis du poing. Au bout d'un moment, il cria quelque chose, une phrase dont Brock ne réussit pas à saisir le sens. Brock, d'ailleurs, commençait à se mordre les doigts : n'avait-il pas laissé passer l'occasion propice ? En fait, il ne s'attendait nullement à voir sa victime pénétrer dans une aussi vaste demeure. Il devait y avoir du monde à l'intérieur et le risque serait trop grand de faire feu sur Hawkins en pareil lieu. Brock mâchonna un chapelet de jurons : il lui faudrait patienter jusqu'à ce que son adversaire ressorte de cette foutue baraque pour avoir sa peau.

Hawkins recommença à cogner contre le panneau en criant.

La porte s'ouvrit en grand et une femme s'immobilisa sur le seuil, une chandelle à hauteur de son visage.

Brock vacilla sous le choc et dut se retenir au tronc d'arbre. Cela ne pouvait pas être ! Ce n'était pas possible !

Et pourtant... c'était bien réel ! Sans l'ombre

d'un doute, la femme n'était autre que Sarah Moody, en chair et en os!

Par tous les satanés démons de l'enfer, ces deux-là le poursuivraient-ils donc tout au long de son existence? Sentant ses jambes se dérober sous lui, Brock se plaqua contre l'arbre, le regard fixé sur le couple qui entrait dans le vestibule et refermait la porte derrière lui.

Les coups frappés à la porte avaient tiré Sarah de sa torpeur. Elle était longtemps restée prostrée sur le divan, le regard vide, l'esprit vide. Elle avait la tête douloureuse d'avoir trop pleuré et aussi d'avoir trop bu. Lorsque les premiers coups retentirent, elle les assimila d'abord à ceux qui martelaient son crâne. Puis, les ayant identifiés, elle s'interrogea sur l'opportunité d'y répondre.

Comme le tapage se prolongeait et s'accompagnait de vociférations, elle décida d'aller voir, saisit au passage un chandelier et descendit en rajustant sa robe d'intérieur. Elle ne reconnut la voix de Jeb qu'en posant le pied sur la dernière marche et un frisson de bonheur traversa son corps. Mais elle se contraignit au calme et demanda, d'une voix neutre :

– Que voulez-vous, Jebadiah Hawkins? Je croyais que nous nous étions tout dit!

– Sarah... je ne vous en voudrai pas si vous refusez de m'ouvrir! (Elle surprit, dans ces mots, une intonation implorante qui lui alla droit au cœur.) Mais je vous en supplie, laissez-moi entrer. J'ai besoin de m'expliquer. Je jure de ne pas vous blesser par des paroles amères.

Sarah n'hésita qu'un instant, elle repoussa le verrou et s'avança sur le seuil en élevant la flamme de la chandelle à hauteur de son visage.

– Pouvez-vous me donner au moins une raison qui justifie cet entretien, monsieur?

– C'est mon amour pour vous, Sarah. J'ai l'intention de solliciter votre pardon... si toutefois il y a encore place pour le pardon dans votre cœur.

Sarah, qui se sentait émue au plus profond, durcit sa voix à dessein.

– Très bien, j'accepte de vous entendre. Mais le pardon n'est pas acquis d'avance.

Elle s'effaça pour le laisser passer et fronça le nez en décelant l'odeur de rhum qui semblait imprégner toute sa personne.

– Vous êtes ivre, Jeb! observa-t-elle.

– Pas ivre, Sarah. Plus maintenant. J'ai, en effet, failli m'enivrer, mais ma raison a été la plus forte.

La jeune femme ferma la porte et repoussa le verrou. Quand elle se tourna vers lui, Jeb lui saisit la main.

– Sarah, j'ai eu tort. Je me suis conduit comme le dernier des...

– Pas ici, voulez-vous. Nous serons mieux là-haut.

Le chandelier élevé au-dessus de sa tête, elle s'engagea dans l'escalier. Mais elle avait pris soin de laisser grande ouverte la porte du salon. Elle fit front d'un air plein de détermination.

– A présent, monsieur, j'aimerais connaître la raison de ce soudain revirement.

– Les raisons sont multiples, Sarah. En réfléchissant, j'ai compris un certain nombre de choses. Vous avez effectivement changé, Sarah... Je ne nierai pas cela, pas plus que vous ne le faites vous-même. Vous avez réussi à survivre à Dieu sait quelles horreurs, et vous en êtes sortie triomphante et fortifiée. Je crois bien que, tout à l'heure, j'ai commis l'erreur de me prendre encore pour le capitaine Jebadiah Hawkins, le commandant du *North Star*. Si, à l'époque, quelqu'un m'avait prédit qu'un jour je dirigerais la navigation d'une péniche, j'aurais ri à gorge déployée, et plus encore si l'on m'avait parlé de tout ce que j'ai fait pour en arriver là. Eh bien, ce soir, voyez-vous, j'étais redevenu l'ancien Jeb Hawkins... la preuve en est que j'ai tenté de vous prendre de force... comme la première fois. Pourtant, je sais, à présent, que je n'ai plus rien de commun avec cet homme. Ces trois années nous ont transformés, remodelés, et c'est ce qui importe. Alors... seriez-vous capable d'oublier les paroles terribles, les injures monstrueuses que j'ai proférées? Pourrez-vous me pardonner?

Sarah le regardait intensément, le cœur battant. Un espoir presque oublié renaissait, qui provoquait en elle une souffrance douce et amère à la fois. Elle dit lentement :

– Et c'est tout?

– A l'exception d'une chose encore, la plus importante de toutes. Je vous aime, Sarah. Je vous aime de toutes les fibres de mon corps et de mon âme!

– Oh Jeb! mon chéri. Oui, je vous pardonne! Et je vous aime, moi aussi, de toutes mes forces.

Elle se jeta dans ses bras. Il la retint doucement contre sa poitrine en lui caressant les cheveux et en lui murmurant des mots tendres. Elle s'agrippait à lui comme si elle redoutait que quelque maléfice vînt encore les séparer.

Au bout d'un moment, Sarah releva la tête. Ses joues ruisselaient de larmes. Pourtant ce fut d'une voix ferme qu'elle déclara :

– Mais cela ne signifie pas que je deviendrai votre esclave comme le sont tant d'épouses soumises. J'ai eu mon compte... Je veux rester libre de mes faits et gestes!

Jeb partit d'un grand rire heureux.

– Je n'en attendais pas moins de vous, chère Sarah! Voyons, ma chérie, je n'aurais que faire d'une esclave! Une femme d'un caractère indépendant me sera bien plus sujet de fierté!

Il la reprit dans ses bras et l'embrassa avec une fougue à laquelle elle répondit aussitôt.

Lentement, mais sans relâcher leur étreinte, ils se dirigèrent vers la chambre. Sarah se dégagea et, secouant les épaules, fit glisser la robe d'intérieur à ses pieds, exposant son corps splendide à la contemplation avide de l'homme qu'elle aimait.

Jeb promena sur le corps de la jeune femme un regard admiratif qu'elle ressentit comme une caresse.

Elle se laissa glisser sur le lit pendant qu'il rejetait ses vêtements avec hâte. Ils se caressèrent avec tendresse, avec ardeur, avec dévotion, jusqu'au moment où les exigences de leurs corps furent les plus fortes. Leur communion charnelle fut comme l'apothéose d'une passion trop longtemps contenue, trop longtemps niée. Jeb, en la possédant, lui murmura des mots fous dont Sarah, tout à son plaisir, n'entendit que la musique.

Au paroxysme, Sarah étreignit son amant avec toute la force que donne la fureur amoureuse et gémit, comme une plainte, comme une litanie, comme une supplication :

– Jeb chéri! Jeb, mon amour, je t'aime! Jeb je t'aime!

Giles Brock demeura longtemps immobile, foudroyé de surprise, d'abord incapable de penser. Cependant, petit à petit, une idée surgit dans son esprit, suivit son chemin, et finit par faire naître sur son visage un sourire diabolique. Le feu lui fournirait la réponse! Il les ferait brûler vivants, ensemble, comme dans les flammes de l'enfer. Ce serait le digne châtiment de leurs méfaits! Les voir réduits en cendres, et leurs cendres éparpillées au vent de sa colère, afin que plus jamais ils ne puissent le poursuivre de leur implacable vengeance! Il ne restait qu'à mettre son plan à exécution. D'abord trouver une torche. Il courut vers la maison, la contourna, à la recherche de la cuisine. Sous ces climats chauds, la cuisine était toujours installée dans un petit bâtiment séparé, à l'arrière de la cour, Brock aperçut par la porte entrouverte le rougeoiement d'un foyer près de s'éteindre.

Emporté par sa frénésie, il se précipita à l'intérieur, négligeant toute précaution. Une petite silhouette qui somnolait près du feu se redressa en sursaut à son approche, un enfant noir, commis à la garde du foyer.

– Qui êtes-vous, monsieur? cria l'enfant effrayé. J'ai ordre de ne laisser personne...

D'un geste rapide, Brock tira le pistolet glissé dans sa ceinture et frappa le garçon à la tête avec la crosse. Il se pencha ensuite au-dessus du petit corps pour s'assurer qu'il ne bougeait plus.

Il fit le tour de la pièce du regard. La chance était avec lui, ce soir! Il découvrit une torche à long manche près de la porte, dans une cavité prévue pour cet usage. Il l'alluma au feu mourant, ressortit en courant.

Quatre fois, il se baissa pour mettre le feu à chacun des angles de la maison et dès que les premières flammes commencèrent à brasiller dans la nuit, il rejeta la tête en arrière et laissa éclater un rire dément, une sorte de ululement qui n'avait plus rien d'humain...

Sarah s'éveilla brusquement. Les événements récents lui revinrent aussitôt à la mémoire, et elle étendit le bras. Sa main rencontra le corps de Jeb. Elle ne rêvait pas. Un petit soupir de satisfaction lui échappa et elle se blottit contre Jeb, apaisée, heureuse.

Un bruit léger mais persistant troubla néanmoins sa somnolence. Il lui semblait aussi qu'on l'appelait. Dressée sur un coude, elle secoua le bras de son compagnon.

– Jeb!

Il s'éveilla avec un sursaut.

– Oui, chérie! Qu'y a-t-il?

– J'ai entendu du bruit en bas... Tiens! Tu entends? Voici que ça recommence!

Jeb toussota et se frotta les yeux.

– Oui... j'ai entendu. Je vais aller voir.

Il se laissa rouler à bas du lit et passa un vêtement à la lueur de la chandelle du vestibule. Sarah saisit sa robe de chambre pour s'en envelopper. Jeb se pencha pour déposer un baiser affectueux sur sa joue.

– Tu ferais mieux de rester ici pendant que je m'en occupe... C'est peut-être quelque ivrogne de Front Street...

– Non, je préfère t'accompagner.

Jeb laissa échapper un petit rire.

– C'est vrai, j'étais prévenu... Tu es une femme indépendante...!

– Non, chéri, c'est que je pense avoir entendu prononcer mon nom à plusieurs reprises.

Jeb saisit au passage une bougie neuve qu'il alluma et ils s'engagèrent dans l'escalier. Dès la première marche, il s'arrêta, renifla.

– Ne sens-tu pas une odeur de fumée?

Avant qu'elle ait eu le temps de répondre, une voix faible leur parvint :

– Miss Moody?

– C'est Eli, le boy de cuisine! s'écria Sarah en se précipitant.

Le jeune garçon était tombé, à bout de forces, au bord de la première marche. La jeune femme s'agenouilla auprès de lui et prit entre ses paumes son visage ensanglanté.

– Eli... Que s'est-il passé?

– Miss... (Il ouvrit les yeux.) Un homme... un homme fou... il entre dans la cuisine, il me frappe avec son pistolet... maintenant il est dehors... il met le feu à la maison...!

Comme pour donner plus de poids à ces paroles, un tourbillon d'air leur apporta une âcre odeur de bois et de tissu brûlés.

– Mon Dieu! s'écria Sarah, le feu!

– Il faut sortir d'ici au plus vite, dit Jeb, l'incendie va s'étendre rapidement. Ne me quitte pas, Sarah!

Il souleva Eli dans ses bras et se dirigea vers la porte d'entrée.

– Viens vite! cria-t-il sans se retourner.

Sarah le suivit puis s'arrêta. Tout ce qu'elle possédait de plus précieux, bijoux, argent, lettres de crédit, était enfermé dans un coffret au premier. Si la maison brûlait, elle se retrouverait ruinée. Elle hésitait, indécise, tandis que la fumée envahissait la maison et que les flammes bondissaient à l'assaut des fenêtres du rez-de-chaussée.

Elle appela Jeb, mais il se trouvait déjà dehors avec le jeune garçon. Tout compte fait, elle avait le temps de retourner sur ses pas. Ce ne fut qu'à mi-chemin qu'elle reconnut son erreur : la cage d'escalier, créant un appel d'air, s'emplissait rapidement d'une épaisse fumée noire. A tâtons, Sarah, toussant et suffoquant, chercha son chemin le long du mur. Brusquement, elle comprit que si elle parvenait au premier, elle n'en pourrait redescendre. La panique la submergea, l'affolement lui coupa les jambes. Elle tenta de faire demi-tour, trébucha dans l'ourlet de sa robe de chambre et tomba en avant. Elle eut encore conscience du bruit sourd que fit sa tête en heurtant le mur, après quoi, la fumée l'enveloppa et elle n'eut plus conscience de rien...

Jeb déposa le petit Noir sur le sol et se retourna, voulant rassurer Sarah. C'est alors qu'il aperçut Giles Brock, debout à quelque distance, une torche au poing. L'homme regardait les flammes dansantes avec un sourire d'idiot et il fallut à Jeb quelques instants pour le reconnaître. Sans hésiter, il marcha sur lui.

Brock ne bougea pas jusqu'au moment où ils s'affrontèrent.

– Donc, c'est ici que nous nous retrouvons, lieutenant! s'exclama Jeb d'une voix âpre. Je croyais pourtant bien en avoir fini avec vous... mais je constate que vous ne vous lasserez jamais de nous harceler!

Brock fixa sur lui un regard fou.

– Hawkins? Hawkins? (Il recula d'un pas, une expression d'horreur peinte sur son visage noirci.) Ça ne peut pas être vous! Vous que j'ai réduit en cendres... en cendres. (Il recula encore d'un pas.) Vous êtes un démon vomi des entrailles de l'enfer! Vous êtes un fantôme!

– Non point, monsieur Brock, je ne suis pas mort. Je suis au contraire bien vivant comme vous n'allez pas tarder à vous en rendre compte!

Jeb serra les poings et marcha sur le misérable. Brock recula encore d'un pas, la même expression d'incrédulité au fond des yeux, puis, d'un geste vif, il chercha à frapper son adversaire au visage avec sa torche. Jeb se baissa à temps et, profitant du déséquilibre du forban, il se jeta sur lui et lui tordit le poignet de toute sa force. Brock poussa un grognement de douleur en laissant échapper la torche. Jeb frappa à la tête. Brock recula en chancelant, battant l'air de ses bras. Jeb frappa de nouveau. Brock s'étala sur le dos. Jeb, au moment où il se précipitait sur lui, le vit fouiller sa ceinture et tirer un pistolet.

Alors, Jeb plongea, le bras tendu pour bloquer la main qui tenait l'arme en même temps qu'il s'écrasait sur le corps de son ennemi de tout son poids. Une explosion sourde se fit entendre.

Jeb demeura immobile quelques secondes, sans comprendre pourquoi il ne ressentait aucune douleur. Il n'était pas possible que Brock l'ait manqué à bout portant! Alors, seulement, il s'aperçut que l'homme étendu sous lui ne bougeait plus. Il se releva et l'examina. Brock avait les yeux grands ouverts; des yeux au regard vide, mais le vide de la mort. La balle, déviée par la chute de Jeb, lui était entrée dans la poitrine, à hauteur du cœur.

Jeb se releva, indécis, passablement étourdi. Etait-il possible que la carrière de l'odieux Giles Brock s'achève aussi soudainement? Ce n'était pas possible! D'ailleurs, il ne ressentait pas la joie qu'il attendait de cette mort. En tout cas, Sarah aurait dû... Il sursauta, fouilla les alentours du regard et constata avec surprise que les seaux d'eau circulaient déjà le long d'une chaîne qui s'était formée avec une incroyable célérité. Entreprise pourtant dérisoire car l'incendie dévorait déjà les poutres du second étage.

Mais où donc était Sarah? Dans sa hâte de sortir avec Eli gémissant dans ses bras, il ne s'était pas assuré qu'elle le suivait. Dieu Tout-Puissant! Cette inconsciente se serait-elle obstinée à rester à l'intérieur? Dans cet enfer? Jeb se retourna et dépouilla le cadavre de Brock de son grand manteau. Saisissant au vol un seau d'eau, il mouilla l'étoffe et jeta ensuite le vêtement par-dessus sa tête. Puis il courut vers la maison, gravit les quelques marches et franchit la porte d'entrée dans le même élan. La maison était emplie d'une fumée plus épaisse que le pire brouillard qu'il eût jamais rencontré en mer.

– Sarah? Où es-tu? cria-t-il.

Ne recevant pas de réponse, il avança en

appuyant sa main sur le mur pour se guider. Le rideau qui séparait l'entrée de la pièce principale était en feu. Jeb l'arracha de sa tringle et le jeta au loin. De nouveau, il cria le nom de Sarah. Avec désespoir. Allait-il la perdre de nouveau?

En même temps que son pied rencontrait le bord de la première marche, il perçut un faible gémissement au-dessus de sa tête. Il se mit à gravir l'escalier à quatre pattes, tâtonnant comme un aveugle. A la quatrième marche, sa main rencontra un corps. Il fallait que ce soit celui de Sarah. Il adressa une prière à Jéhovah pour qu'elle fût encore en vie.

Il la prit dans ses bras, le plus délicatement possible, laissant tomber dans ce geste le manteau qui l'enveloppait et repartit, tenant la jeune femme serrée contre sa poitrine.

Désorienté par l'épaisseur de la fumée, il avança à l'aveuglette. Où était la porte principale? Soudain un léger courant d'air l'effleura. Peu après, il franchissait le seuil. En déposant Sarah sur le sol, épuisé par l'effort, il perdit l'équilibre et tomba à genoux auprès d'elle. Le choc fit pousser un gémissement à la jeune femme, dont les paupières s'entrouvrirent. Elle posa sur son sauveur un regard privé de compréhension. Puis, lentement, elle parut reprendre conscience et esquissa un pâle sourire.

– Je me souviens d'être tombée... la tête la première... (Elle tourna les yeux vers la maison transformée en brasier.) Tu m'as sauvé la vie, murmura-t-elle.

Jeb hocha la tête.

– Je ne cesse pas de te causer des ennuis, n'est-ce pas, chéri? (Elle fronça les sourcils.) Ta barbe est roussie, constata-t-elle en tendant la main pour la caresser.

– Ne t'inquiète pas, elle repoussera! C'était Giles Brock, ajouta-t-il avec une grimace féroce. C'est lui qui a incendié la maison.

Elle tenta de se redresser, la voix soudain chargée de colère.

– Ce diable d'homme encore! Ne serai-je... ne serons-nous donc jamais débarrassés de sa personne?

– Jamais plus il ne te tourmentera, ma chérie. Giles Brock est mort...

Leur conversation fut interrompue par de terribles craquements. La maison s'écroula, sous le regard navré de Sarah. Son casino n'était plus qu'un immense brasier.

– Toute ma sympathie, madame, dit une voix lasse.

Sarah faillit ne pas reconnaître Rand Colter dans ses habits tachés, déchirés et ruisselants d'eau, le visage souillé de traces de suie.

– Merci, Rand! Merci d'avoir essayé de nous aider.

– Nos efforts ont été vains... mais il fallait tenter quelque chose.

– Je vais me trouver dans l'impossibilité de rouvrir le casino, Rand... J'en suis désolée. Qu'allez-vous faire?

– Je me débrouillerai. Ne vous faites pas de

souci pour moi, Sarah, j'ai toujours réussi à me tirer d'affaire dans la vie.

Sarah présenta les deux hommes. Jeb se releva afin qu'ils puissent se serrer la main.

– Vous êtes l'homme que j'ai frappé... Mes excuses, monsieur.

Rand porta la main à sa joue avec un léger sourire.

– J'accepte vos excuses, monsieur Hawkins, vous avez une droite particulièrement puissante. (Il s'inclina vers Sarah.) Au revoir, donc, miss Moody. Je crois qu'en dépit de la perte de votre maison de jeu, vous avez atteint le but que, si longtemps, vous avez poursuivi.

– Au revoir, Rand, dit-elle d'une voix douce.

A peine le jeune homme eut-il tourné les talons que Jeb fustigea Sarah du regard.

– A présent, allez-vous me dire, espèce d'inconsciente, ce que vous faisiez à l'intérieur alors que je vous croyais derrière moi?

– Tout ce que je possédais au monde, Jeb, se trouvait au premier étage, dans un coffret! A présent, il ne me reste rien et je me retrouve à mon point de départ...

– Pas tout à fait, mon amour...

– Mais regarde-moi, voyons! protesta-t-elle en pinçant entre deux doigts l'étoffe souillée de sa robe de chambre. Voici le seul vêtement que je possède sur terre! Exactement comme le soir où je fus entraînée de force à bord de ton bateau.

– Nous nous occuperons de cela quand ouvriront les magasins, chère Sarah... (Il s'agenouilla auprès d'elle et, prenant une de ses mains entre les siennes :) Je t'aime, tu le sais. Et il y a une place toute désignée pour toi... une place qui t'attend dans ma cabine, à bord de la péniche.

Elle leva sur son visage noirci de fumée un regard soupçonneux.

– Seriez-vous en train de me demander de vous épouser, Jebadiah Hawkins?

– Mais, bien entendu! De quoi d'autre pourrait-il s'agir? C'est une vie agréable, Sarah, la vie sur le fleuve. Je suis sûr que vous en viendrez à l'aimer autant que je l'aime moi-même.

– Il le faudra bien, je suppose, n'est-il pas vrai?

Il se pencha sur elle. Ils s'embrassèrent longuement, passionnément, sous l'œil étonné des volontaires qui formaient le piquet d'incendie. Finalement, ils dénouèrent leur étreinte et Jeb aida Sarah à se mettre debout.

– Si nous partions, mon amour?

– Nous ferions aussi bien, je crois. Il ne reste plus rien ici de ce que je possédais. Une seule chose encore, Jeb Hawkins... Serons-nous bientôt mariés?

– Ce matin même, je vous le promets. Dès que nous aurons réussi à mettre la main sur un ministre de Dieu! Vous pouvez me croire!

Ils s'éloignèrent, enlacés dans la nuit. Au bout de quelques pas, Sarah s'arrêta, se retourna, regarda longuement les pans de mur chancelants, les poutres calcinées, ce vaste amas de cendres... Ensuite, elle saisit résolument le bras de son compagnon et le serra très fort tandis qu'ils marchaient tous deux, d'un pas ferme, dans la rue étroite qui les menait au fleuve.

Et à la péniche.

Editions J'ai Lu, 31, rue de Tournon, 75006 Paris

diffusion
France et étranger : Flammarion, Paris
Suisse : Office du Livre, Fribourg
diffusion exclusive
Canada : Éditions Flammarion Ltée, Montréal

Achevé d'imprimer sur les presses de l'imprimerie Brodard et Taupin
7, Bd Romain-Rolland, Montrouge. Usine de La Flèche,
le 15 avril 1982
6765-5 Dépôt Légal avril 1982. ISBN : 2 - 277 - 21313 - 6
Imprimé en France